JN125515

最強勇者の2週目は逆転
でした！
赤川ミカミ
Mikami Akagaw
illust: TOYOMA
KiNG novels

街を治める美人貴族
バレーナ

悩めるお姫様
アイビス

「アキノリ様、準備はできております」

そう言って、リベレさんが四つん這いになって、
僕に声をかけてくる。

誘うように揺れるお尻と、もう愛液を垂らしているおま○こ。

「わたくしも、んっ、もうこんなになっていますわ」

アイビスさんも、お尻を高く上げて陰裂を見せつけてきた。

「アキノリくん、きてっ……♥」

最強勇者の2週目は逆転異世界でした！

～今度こそのんびりハーレムな結末を目指します！～

赤川ミカミ
illust：TOYOMAN

KiNG novels

最強勇者の2週目は逆転異世界でした！

contents

プロローグ　最高な逆転異世界

僕がこちらの世界にきてから、しばらくの時間が流れていた。

最初は驚くことも多かったけれど、今ではすっかりとこの世界での生活にも慣れていた。

元々、僕は現代日本に住んでいる、目立たない少年だった。

しかし、ひょんなことから、チート級の戦闘力を持って異世界へ向かうことになったのだ。

そこは魔王に支配されつつあるファンタジー系世界。

僕は勇者として呼ばれ、剣と魔法の世界で冒険をすることになったのだった。

その世界は状況的にも決して恵まれたところではなかったが――チート級の強さを持つ僕は、無事に魔王を討伐したのだった。

と、普通ならそこで終わるところなのだけれど、実際のところ、魔王を倒した後にだって世界は続いていく。

そして平和になった世界において、魔王を倒したほどの力を持つ存在はノイズだ。

必ずしもひどい扱いを受けるわけではない。

しかしその力を巡って、権力者たちの思惑が交錯《こうさく》するのは避けられない。

様々な人の思考に影響を及ぼすし、僕自身も魔王を倒した強大な存在として認知されており、静かな暮らしなど望めない。

そんなわけで僕は、魔王を討伐した存在……という派手すぎる印象から離れるため、別の世界へと再び移動したのだ。これもまた、僕の能力なのだった。

そうしてたどり着いた、この世界は――。

なんと男性が圧倒的に少なく、性欲もかなり弱い……という状況だった。

その分なのか、女性が社会のほとんどを回しているし、さらには性欲も極端に強いらしい。

中世的な価値観で、男社会だった元のファンタジー世界と比べて、男女の立ち位置が逆転した異世界だったのだ！

実をいうと、英雄だったはずの僕はといえば……。

女性に憧れを持ちつつも、現代日本ではまるで縁がなかったし、勇者と呼ばれた世界では忙しくてそれどころじゃなかった。つまりは、まったくの童貞だ。

それが今では、すっかり変わってしまった。

ここでは毎日多くの女性に求められ、ハーレム生活を送れている。

今夜だって、僕の元には美女が集まっていた。

「アキノリくん、ぎゅー♪」

そう言って、バレーナさんが僕に抱きついてきた。

バレーナさんは、僕がこの世界に来て最初に出会った女性だ。

若いながらも、この街を治める貴族の女性で、優しいお姉さんという雰囲気の人だった。

長い黒髪に整った顔立ち。まだこの世界を知らなかった僕を、導いてくれた人。

そしてその爆乳をいつも、僕に押しつけてくるのだった。

そんなことをされれば当然、異性への免疫の少ない僕はドキドキしてしまう。

「ふふっ♪」

そんな僕の様子に、満足そうな笑みを浮かべながらバレーナさんが離れると、次はリベレさんが寄ってくる。

「アキノリ様、脱がさせていただきますね」

そう言って、彼女は僕の服に手をかけていった。

リベレさんは、僕のお付きのメイドさんだ。

日頃からいろいろと面倒を見てもらっている女性。

金色の髪をした彼女は、とてもクールなメイドさんといった雰囲気だ。

普段はその印象のとおりに、冷静で丁寧な仕事ぶりのリベレさん。

そんな彼女は、慣れた手つきで僕を脱がせていった。

「アキノリ様……♥」

脱がせるときに、リベレさんはさりげなく僕の身体に触れてくる。

しなやかな手に触られるのは気持ちよく、同時に期待を高められてしまう。

そうこうしているうちに、僕はすっかり全裸になってしまった。

そんな僕の股間を見て誘われたのか、アイビスさんが近づいてくる。すでに彼女も裸だ。

「アキノリってば、もうこんなに逞《たくま》しくなって……♥」

赤髪の美女であるアイビスさんは、なんとお姫様だった。

可憐なお姫様というよりは、美麗でゴージャスなタイプのお姫様。

強気な美人、という印象のアイビスさんは、実際にそういう面も強い。

顔もスタイルもよく、能力も高いアイビスさんは派手なタイプの美人だ。

その大きなおっぱいを揺らしながら、僕に近づく。

そしてその手を、僕の股間へと伸してきた。

「もうこんなに大きくして……アキノリは素晴らしいですわ♪」

「あぅ……」

アイビスさんの手が肉竿を軽く擦ってくる。

その気持ちよさに声を漏らすと、彼女は楽しそうに肉棒をしごいた。

「おちんぽ擦られて気持ちよさそうにするアキノリの顔も、好きですわよ?」

「うっ……」

そんなことを言いながら見つめるアイビスさんの表情は、ちょっといたずらっぽくて、それも魅力的だった。

「アキノリくん、こっち」

バレーナさんが僕をベッドへと誘導していく。

そしてたちまち、僕は裸の美女三人に囲まれてしまうのだった。

男として、とても幸せな状況だ。彼女たちは僕の身体に手を這わせてくる。

「ん、しょっ……」

それぞれに僕の身体に触れながら、身を寄せてくる。

三人ともおっぱいが大きいため、やはりその部分が一番に当たる。

「あぁ……」

むにゅむにゅとあちこちから柔らかなおっぱいが当たり、とても気持ちがいい。

同時に、彼女たちに包まれている状況に興奮してしまうのだった。

「アキノリくん、れろっ♥」

「あぅっ……！」

バレーナさんの舌が、肉竿の先端を舐めてきた。

「ふふっ、かわいい反応ね♪」

彼女は楽しそうに言いながら、再び舌を伸してくる。

「れろっ、ちろっ……」

バレーナさんはそのまま、肉竿を舐めてくれる。温かく濡れた舌が気持ちいい。

「あむっ、ちゅっ♥　れろっ……」

彼女のフェラを受けていると、リベレさんも僕の胸あたりをなでてくる。

姿勢を変えた彼女のお尻を、僕は引き寄せた。

「あっ♥　アキノリ様、んっ……」

彼女の身体を寄せさせ、僕の顔をまたぐようにさせる。

すると、足を開いた彼女のおまんこが目の前にきた。

「あぁ……♥　アキノリ様、んっ……」

少し恥じらうようにするメイドさんに興奮しながら、僕はリベレさんの割れ目へと舌を伸す。

「んぁっ♥　そんなこと、んっ……」

割れ目を舐めあげると、リベレさんがぴくんと反応する。かわいらしいその反応を楽しみながら丸いお尻をつかむと、おまんこをさらに近くへと引き寄せる。

「あぁ♥」

そしてそのまま、クンニを行っていった。

「あぅっ、アキノリ様の舌が、私の、あっ♥　ん、ふぅっ……」

舌先で割れ目を軽く開き、舐めあげていく。

「あぁっ♥　ん、ふぅっ……」

「アキノリくんのおちんぽ、反応してるわね♪　リベレのおまんこを間近で見て、舐めて、興奮してるのね」

「はい……」

「あぅっ……そんなこと、ん、言わないでください、あぁ……♥」

リベレさんは恥ずかしそうにしつつも、その秘裂からは愛液があふれてきている。

「んっ♥　あぁ……」

舐められて感じるリベレさんがかわいらしくて、僕はさらに愛撫を続けていく。

「それじゃ、わたしもおちんぽを……あむっ♥」

そして僕の肉棒は、バレーナさんに咥えられてしまう。

「あむっ、じゅるっ、れろっ……♥」

温かな口内に包まれた亀頭が、そのまま転がすように刺激される。

「あれ……ならわたくしも、おちんぽを咥えますわね。はむっ……」

「あぁ……！」

アイビスさんは、根元のほうを唇で挟み込んだ。

先端と根元をそれぞれ美女に咥えられて、気持ちよさに声が漏れてしまう。

「あむっ、じゅるっ……」

「れろっ……ちゅぽっ♥」

ふたりに肉棒を舐められながら、僕もおまんこを舐めていく。

「んはぁっ♥　あっ、あぁっ……♥　アキノリ様、そこ、ん、ふぅっ……」

「リベレさんのここ、どんどんえっちなお汁があふれてきてるね」

「あぁっ……アキノリ様、そんな、ん、はしたないことを言ってはダメですっ♥　んぁ、あっ、ん、ふぅっ……！」

そう言いながら、リベレさんはさらに感じていった。

おまんこがひくひくと震えながら、愛液をあふれさせていく。

「れろろろっ！　ぺろっ、じゅぶっ……♪」

「あむっ、んむっ……じゅぽっ……」

その間にも、僕のペニスはフェラされて気持ちよくなっていく。

「れろろっ、じゅるっ、ん、じゅぼっ……」

「んむっ……じゅばっ、じゅるっ……」

亀頭と幹を同時に、ふたりに巧《たくみ》に責められるのは最高だ。

それぞれのテンポで愛撫されると、それが不規則な刺激になって、いつもとは違う気持ちよさが湧き上がってくる。その気持ちよさを感じながら、僕もリベレさんへの愛撫を続けた。

割れ目から舌を抜き、その上でつんと尖っているクリトリスへと舌を伸していく。

「ひゃうっ♥　あっ、アキノリ様ぁ♥　そこは、ん、はぁ……」

敏感な淫芽を刺激されて、彼女は嬌声をあげる。

僕はそのまま、リベレさんの陰核を舌で解《ほぐ》していく。

「んはぁっ♥　あっあっ♥　ダメです、んぁ、ああっ。クリちゃん、舌でいじられて、あっ♥　イっちゃいますっ……ん、あぁっ！」

嬌声を上げるリベレさん。

真面目なメイドさんをそうして責める間も、肉棒を美女ふたりの口でとろかされていく。

「れろろろろろっ！　ぺろっ、ちろろろっ！」

「じゅぶぶっ……しゅこっ、ジュルッ！」

「あんっ♥　あっ、だめっ、んはぁっ……！　もう、あぁっ、私、んぁっ♥　ああっ！　イクッ！ん、はぁっ！」

リベレさんが嬌声をあげて、そのおまんこをぐっと僕に押しつけてくる。

濃いメスのフェロモンに包まれながら、僕は敏感なクリトリスを責めていった。

「んはぁぁぁっ！　あっ、ん、はぁっ！　もう、んぁ、イクッ！　あぁっ、クリイキしちゃいますっ！　んはぁっ♥」

「ふふっ、リベレってば、すっごく気持ちよさそうね♪　れろっ、わたしももっと激しくしちゃおうかしら。じゅぶっ、じゅぼぼぼぼっ！」

盛り上がるリベレさんにあわせるように、僕のチンポにバレーナさんが吸いついてバキュームしてきた。

その突然の気持ちよさに、精液が上ってくるのを感じる。

「それならわたくしも、もっと……しこしこっ♥　じゅぶっ、ちゅぱっ！」

そしてアイビスさんまでが、肉竿を唇でしごくようにして射精を促《うなが》してくる。

そんなふたりがかりのフェラで気持ちよくなりながら、リベレさんを追い込んだ。

「んはぁ！　あっあっ♥　イキます♥　アキノリ様のクンニでクリイキ♥　あぁっ、イクッ！　んくうぅぅぅぅっ♥」

びくんと身体を跳ねさせながら、リベレさんが絶頂した。

ぷしゅっと潮を吹くようにしながら、身体を震わせる。

「あぁ……♥　ん、はぁ……」

僕の上で気持ちよさそうに息を吐くリベレさんを感じていると、だんだん射精欲が耐えられなくなってきた。

「んしょっ……しこしこ、ちゅばっ、ちゅぶっ！」

「あむっ。じゅぼじゅぼっ♥　れろっ、ちゅば、ちゅぅぅっ！　じゅぶじゅぶじゅぶっ！　じゅぞっ、しゅぼぼぼぼっ♥」

「あぁ……ふたりとも！　出るよ！」

どぴゅん！　びゅくくっ！

バレーナさんのバキュームに誘われるまま、僕は射精していた。

「んむっ!?　んっ♥　れろっ、ちゅううぅぅっ！」

「あぅっ！　あぁ……」

射精中の肉棒にバレーナさんがさらに吸いつき、精液を吸い上げていく。

チンポをストローのように扱って、尿道内の精液まで飲んでいくバレーナさん。

僕は気持ちよさに動けず、そのまま精液を吐き出していった。

「んくっ、ん、こくっ……ごっくん♪　ぷはぁ♥」

そして精液を飲みきると、バレーナさんが口を離した。

「アキノリくんの精液、濃くて素敵ね♥」

バレーナさんは妖艶な笑みを浮かべながら言った。

「ね、アキノリ……まだまだ、元気ですわよね？」

そう言って、アイビスさんが僕を見つめた。

前屈みに僕をのぞき込むので、その大きなおっぱいが柔らかそうに揺れて誘ってくる。

そんなふうに誘惑されれば、当然一度出したくらいで僕の肉棒はおさまらない。

「そうですね。もちろんです」

身を起こすと、彼女たちもまた僕を受け入れようと動く。

「アキノリ様、準備はできております」

そう言って、リベレさんが四つん這いになって、僕に声をかけてくる。

誘うように揺れるお尻と、愛液を垂らしているおまんこ。

「わたくしも、んっ、もうこんなになっていますわ」

アイビスさんも、お尻を高く上げてお姫様の清楚な陰裂を見せつけてきた。

彼女のおまんこも、もうすっかりと濡れており、すぐにでも挿れられそうなほどだ。

「アキノリくん、きてっ……♥」

バレーナさんは自らの指で、くぱぁとおまんこを広げながらアピールしてくる。

ピンク色の内側が、ひくつきながら肉棒を求めているのがわかる。

美女三人にこうして求められ、僕もすっかりと興奮していた。

そしてまずは、お尻を高く上げているアイビスさんに近づいていく。

「アキノリ、んっ……」

ハリのあるお尻をがっしりとつかむと、アイビスさんが期待に満ちた声をあげる。

僕はとろとろなおまんこに肉棒をあてがった。

「あっ……♥　硬いのが、当たってますわ……♥」

そう言いながら、お姫様がふしだらにお尻をふってきた。

「んっ……♥」

自分から陰裂を肉竿にこすりつけてくる。

上手におねだりしてくるアイビスさんのおまんこに、僕は肉棒を挿入していった。

「んぁっ♥　あっ、あぁ……！」

ぬぷり、と肉竿が膣内に侵入していく。熱い膣襞《ちつひだ》が肉棒を歓待し、絡みついてきた。

「あふっ……ん、あぁっ……おちんぽ、入ってきましたわっ……♥　わたくしの中を、熱いのが、あっ……♥」

アイビスさんの嬌声を聞きながら、僕はそのまま腰を動かしていった。

「あっ♥　ん、はぁっ……あぁっ……！」

さっそくピストンを行うと、アイビスさんが気持ちよさそうな声をあげていく。

潤んだ膣襞も喜ぶように絡みついてきた。

「あふっ、ん、あぁっ♥　あんっ……！」

ひとりだけが相手なら、このまま腰を振っていくところだけれど……。

バレーナさんとリベレさんが待っている状態だ。

順番にというのももちろんありだけど、せっかくなら……。

僕は肉棒を引き抜くと、次は隣にいたリベレさんに挿入する。

「んはぁっ♥　あっ、アキノリ様、んっ♥」

いきなりチンポを突っ込まれたリベレさんは、それでも気持ちよさそうな声をあげた。

もうすっかりと濡れていたおまんこは、スムーズに肉棒を受け入れる。

そんなリベレさんのおまんこを、最初からハイペースで突いていった。

「あんっ♥　あぁっ……アキノリ様、んっ♥　そんなに激しく、やんっ♥」

リベレさんは喘ぎながら、自分でも軽く腰を動かしてきた。

普段は落ち着いたリベレさんも、えっちのときは貪欲に乱れる。

そんな姿がかわいらしく、僕の腰ふりにも熱が入っていく。

「んはぁっ♥　あっあっ♥　あんっ！」

激しくピストンを行うと、リベレさんの嬌声にあわせて膣襞がきゅっきゅと肉棒を締めつけてくる。それをある程度繰り返したところで、僕はリベレさんからも肉棒を引き抜くと、次はバレーナさんへと向かう。

「アキノリくん、んうぅっ♥」

バレーナさんのおまんこも、もう肉棒を待ちわびており、ぬぽっと受け止めてくれる。

一度入れればすぐに膣襞が絡みつき、肉竿をしっかりと咥えこんできた。

そんな中を、僕はまたハイペースで往復していく

「あんっ♥　あっ、ん、はぁっ……♥　アキノリくんのおちんぽ♥　あんっ、わたしの中をズブズブって、んぁっ！」

絡みつく膣襞を擦りながら、ピストンを続ける。

「んはぁ、あっあっ♥　ん、くぅっ！」

そうしてからまた、肉棒を引き抜いてアイビスさんへ。

「んおぉ♥　あっ、んはぁっ、ああっ！」

こうして僕は、代わる代わる三人のおまんこに挿入しては、違った感触を味わっていった。

「んはぁっ♥　あっ、ん、くぅっ！」

「あうぅっ♥　奥まで、んぁ、あああっ！」

「急にそんなに動かれたらぁっ♥　あっ、んはぁっ！」

三人の美女を同時に抱く快感。

彼女たちの嬌声を聞きながら、僕は三人を贅沢に突いていく。

「あうっ、んはぁっ、あっ、アキノリ、そこ、ん、はぁっ……！」

「んぁ、ああっ♥　アキノリ様のおちんぽが、あっ、んはぁっ！」

「おちんぽ、ぞりぞり擦ってくるのぉ♥　あっ、私の中を、んうぅっ！」

彼女たちも、それぞれに嬌声をあげながら感じていく。

僕はそんな美女たちを、思うままに抱いていった。

「んはぁっ♥　あっ、もう、イクッ！　んぁ、ああっ！」

「私も、あぁっ、イってしまいます、んはぁっ！」

「アキノリくん、きてっ……♥　んは、ああっ！」

三人ともが、僕を求めてくれている。

その幸せを感じながら、ピストンを必死に続けていった。

「ああ！　もう、ダメですわ、んぁ、あっ、ああっ！　わたくし、あふっ、イクッ！　ん、イクウウウウウッ！」

まずアイビスさんがそう言って、身体を跳ねさせた。

その瞬間のキツい締めつけを感じながらも、腰を動かしていく。

「んはぁっ♥　あっ、あぁっ、イってるところ突かれて、わたくし、あっ、ん、はぁっ、あああぁあぁあっ！」

連続で絶頂したアイビスさんは、そのまま気持ちよさそうに脱力していった。

僕はそんな彼女から肉棒を引き抜き、リベレさんに挿入していく。

「あぁっ♥　んぁ、はぁっ……アキノリ様ぁ♥　んっ、ああっ、私、あんっ、イキますっ♥　あっ、ん、はぁっ！」

リベレさんも限界が近いようで、そう言って簡単に溺れていった。

僕は欲望のまま、その蜜壺をかき回していく。

「あぁっ！　んはぁっ♥　あっ、ああっ、イクッ！　んぁ、ああっ、イクイクッ！　あっ、んくぅうううっ♥」

リベレさんも絶頂し、膣内が肉棒を絞り上げる。

「うぁ……しまる……」

その気持ちよさに、僕も声が漏れてしまう。

「あふっ、ん、あぁ……♥　あ、あああぁぁぁっ♥　イキながら、んぁ、イってます、あっあっ♥　ん、はぁぁぁっ！」

絡みつく膣襞をかき分けると、リベレさんがまた喘ぎながら果てる。

「あふっ、ん、あぁ……♥」

満足して脱力していく彼女から肉竿を抜くと、僕はバレーナさんへと挿入した。

「あぁっ♥　アキノリくん、ん、はぁっ……」

「う、あぁ……」

ふたりの絶頂締めつけを受けた僕ももう、精液が限界までせり上がってきている。

射精への興奮を乗せて、腰を激しく振っていく。

「んはぁっ♥　あっ、ん、アキノリくん、あぁっ♥　あんっ！　ん、はぁっ、あぁっ、ん、あぁっ……♥」

バレーナさんの膣襞が肉棒を締めつけてくる。

子種をねだるメスの動きに、僕はラストスパートをかけていった。

「あぁっ！　ん、おちんぽ♥　わたしの奥を突いて、あぁ、イクッ！　んぁ、あぁっ、おまんこイクッ！」

バレーナさんは嬌声をあげ、乱れていく。

うねる膣襞をかき分けて、その中を往復していった。

「んはぁっ♥　あっ、ん、はぁっ、あうっ！　あんっ……イクッ！　あっあっ♥　イクイクッ、イックウウウゥゥゥッ！」

「あぁ……！」

びゅくんっ！　びゅるるるるるっ！

バレーナさんの絶頂にあわせて、僕も射精する。この世界の女性は、こうするのが大好きだ。

「んはぁっ♥　あっ、熱いザーメン、あぁっ、わたしの中に、びゅくびゅく出てるぅっ……♥　んあ、あぁっ……♥」

中出しを受けて、バレーナさんが気持ち良さそうな声をあげる。

「あふっ、イってるおまんこに、濃いの……注がれてる……♥」

蠕動《ぜんどう》する膣襞が肉棒を締めあげて、あますことなく精液を搾り取ってきた。

僕はその熱いおまんこに、全てを注ぎ込んでいく。

「あっ……♥　ん、はぁっ……」

そしてしっかりと出し切ってかた、肉棒を引き抜いた。

「ん、はぁっ……♥」

バレーナさんはそのまま脱力し、ベッドへと倒れ込んだ。

僕もさすがに体力を使い果たして、その横に倒れ込む。

「アキノリ様、んっ……♥」

そんな僕に、リベレさんが抱きついてきた。

「わたくしも、ぎゅっ♥」

アイビスさんもそう言って、僕の身体へと手を回す。美女三人に囲まれ、求められる最高のハーレム生活。彼女たちの柔らかな身体に包まれながら、僕は幸福感に満たされていく。

「アキノリくん♥　ちゅっ♥」

バレーナさんが頬にキスをしてくれる。

こちらの世界に来られて、本当によかった。

性欲の強い彼女たちとの、えっちなハーレムライフは最高だ。

「回復したら、またしましょうね」

「わたくしも、ん、アキノリの精液、ちゃんとおまんこに注いでほしいですわ」

美女と4Pセックスができるだけでもすごいのに、中出しまで求められてしまう。

そんな生活、これまでは考えられなかった。

僕の体力が持たないかもしれない、なんて思うほど、えっちな女の子たちに求められる幸せ。

「わたしだって、まだアキノリくんの精液、受け止められるんだから♪」

きっと起きたらまた、気持ちよくて幸せな時間が待っているのだ。

体力を使い果たし、ゆっくりと眠りに落ちていきながら、僕はここにきたときのことを、ぼんやりと思い出していくのだった。

第一章　素晴らしい逆転異世界へ

「ここが、新しい世界か……」

僕は降り立った平原を見渡した。

周囲数キロの範囲にモンスターの気配はなく、世界全体を覆う瘴気もなければ、重大な危機たり得るような強い存在も感じられない。

「どうやら、ここは平和みたいだな」

当然のことだけれど、平和なのは良いことだ。

僕が一つ前にいた世界には魔王がいて、人類は危機に瀕していた。

そこで勇者が召喚されて……。外の世界から来た、チート級の力を持った勇者が、なんやかんやあって魔王を倒したのだった。

まあ、その勇者というのが僕だったんだけど。

元々平凡な現代人だった僕にとって、チート級の力をもらって魔王討伐の旅に出るのは、不謹慎ながらも、ちょっとわくわくするものでもあった。

モンスターを倒すと、近くの村人から感謝されるんだ。

現代ではなかなか経験できない、本当の心からの感謝を受けると、こちらも役に立ててよかったなと思える。人々の期待は、時にはちょっと重いこともあったけれど、それで頑張った。

現代社会にいたころは本当に平凡で、期待なんて誰にもされていなかった僕だ。

今の自分にはそれだけの力がある……というのは、悪い気分ではなかった。

モンスターを簡単に倒すことができるチート級の能力があったことも、僕の背中を押していた。

さすがに平凡なままでは、魔王になんて、怖くて立ち向かえないしね。

そんな最強の力があれば、恐れるものなんてない。

そんなわけで、僕は望まれるまま英雄として活躍し、魔王を倒し、世界の平和を取り戻したのだった。それ自体はもちろん、よかったと思っている。

その世界にとっても魔王が倒されたのはいいことだし、勇者として召喚されたからには、任務を果たせたのは僕にとっても嬉しいことだった。

その最中に受けた、感謝や声援も糧になっているしね。ただ……。

魔王という強大な敵を倒してしまえるような、「最強の勇者」という存在は、平和な世界ではやっかいだ。魔王のいなくなった世界にとって、扱いに困る相手でもあった。

世界の恩人だし、ただちに脅威になると感じていた人は、ほとんどいなかったと思う。

けれど、将来もそうだとは言い切れなかったのだろう。

もし何かあったとき、僕を止められる人間はどこにもいない……。それどころか、魔王以上の勢いで世界を滅ぼすことも可能なのだ。

そんな存在は、持て余すに決まっていた。

これが昔話なら、お姫様と結婚して幸せに……といったところだけれど、たったひとりでも軍隊以上に強い王様なんて、恐怖政治にしかならない気がする。

たとえ僕自身にそんなつもりがなくても、相手は絶対に僕の力を意識してしまうだろう。

となれば、ここは身を引いたほうがいいと感じていた。

まあ、そんな訳で、僕は世界を再び移動することにしたのだ。

僕だって皆に怯えられながら、微妙な距離感のなかで暮らすのは嫌だしね。

これがたとえば、「国で一番強い戦士」というくらいなら、普通に尊敬されたのかもしれない。

でも、魔王をたったひとりで倒した、というのはまずい。

だから僕は、平穏な暮らしを求めて——。

適度に力は使いつつも、突き抜けたことはしないようにしようと決めている。

ごく普通に、それなりに生きていきたい。そう思って、この世界に来たのだった。


とはいえ勇者の力を使っても、どんな世界かまで選べるわけではなかったので、まだこの世界のことはわからない。

とりあえず村や町を目指しつつ、力加減は、しばらくは様子見でセーブしておこう。

この世界にとって、どのくらいが普通なのか、わからないしね。

たとえば元々の現代日本だったら、オークを倒せるくらいの弱い炎魔法でさえ、街中で放ったら大事だ。

見たところ平和そうなこの世界も、下手をしたら、魔法自体がないのかもしれない。

そんなことを思いながら、街道らしきものにそって歩いていくと、幸運にもやがて街が見えてきた。

見たところ、石でしっかりした囲いができている、大きめの街のようだ。

この世界の仕組みがどうなっているのか、街に入るには許可証などがいるのか……そんな疑問はあるものの、様子をうかがうだけではわからないこともある。

いざとなれば、全力で逃げてしまえばなんとかなるだろう。

僕は堂々と、街の入り口と思われる門へと近づいていった。

そっと気配を探ったところ、門番はふたり。後ろの詰め所のようなところにも、ふたりいる。

特に強いような気配は感じない。

前の世界は、魔王に支配されつつあった。モンスターも多く、戦闘を強く意識する世界だったというのもあるだろうが、それと比べれば、兵士といえども戦闘力はだいぶ低いみたいだな。

これだけの城壁を持つ街なのに、門番はちょっと鍛えている……くらいの感じだし。

そんなわけで、まっすぐに門へと向かった。すると……。

門番はふたりとも女性で、なんだか露出の多い服装だった。

ふたりとも短いスカートを穿き、ちょっと動けば中が見えてしまいそうだ。

それに胸元も大きく開いていて、谷間が見えてしまっている。

現代社会でも、前の世界でも、女性との接点があまりなかった僕には刺激的すぎる光景だ。

思わず見とれてしまいそうだけれど、失礼にならないよう、なるべく視線を向けないようにしながら尋ねた。

「あの、中に入りたいんですけど、大丈夫ですか？　僕、遠いところから来て……」

「あ……え？」

門番のお姉さんは僕を見て、驚いたような表情になる。

なにか、変だっただろうか？

前の世界と文化が違って、そもそも、この服が変なのかな……？

ふたりともかなり薄着だ。僕の服は逆に露出が少なすぎて、変な人に見えるのかもしれない。

「す、少し待っていただけますか……？」

そう言うと、片方が詰め所のほうに向かう。

しばらくすると、こちらへと戻ってきた。その後ろにはさらにふたり、またも露出多めな女の人がついてくる。どうやら詰め所にいた人を、呼んできたみたいだな。

「男性と、こんなところでは話せないな。ちょっと詰め所のほうにきてもらえるかな？」

「あっ、変なことはしないからね？　ただ、このままここに、あなたを立たせておくのもどうかな、と思って」

「はい……？」

やや挙動不審な彼女たちに疑問を抱きつつも、僕は案内されるままに詰め所へと向かう。

門の横に設置されているそこは、入ってすぐのところに、机と椅子が置いてあった。

ここで手続きとかを、するのだろうか。

その奥にも廊下が伸びており、そちらは門番たちの休憩室のようだ。

シンプルなつくりの詰め所で、おかしなところは別にない。

しかし、四人の薄着な女の人に囲まれているので、落ち着かない気分になってしまう。

「あのね。ひとまずは、この街を仕切っている人のところに来てもらうわね」

「はい……えっと、それは……大丈夫なんでしょうか？」

いきなり偉い人のところに連れていかれるというのは……ただごとじゃないような気がする。

勇者だったころの僕なら、街に着くとまずは偉い人が挨拶に来ていたから、そういうことはないとは言い切れないのが難しいところだけれども……。いや、僕のことなんて誰も知らないはず。

「ああ、うん、きっと大丈夫だよ。ただ一応、判断をしてもらわないといけないからね」

そう言って彼女たちは僕を連れだし、囲むようにして歩き始めた。

露出の多いお姉さんたちに囲まれるのは、やはり落ち着かない。それに門番にしては、美人が多いような……。そう思っていると、横のお姉さんが聞いてくる。

「それで……そうね、まず、どこからきたのかと、この街に入りたい理由を教えてもらえるかな？」

「えっと……それはですね」

どう説明したものか。異世界から来ました……は、ぶっ飛んでるからな……。

僕は濁しながらも、答えることにした。

「えっと、すごい田舎で育って……この辺のことは何もわからないんですが……ひとまず、仕事と住むところを探していて」

「そ、そうなんだ。こ、この街に住んでくれる予定なの？」

「えっと、可能であれば、ひとまずそのつもりです」

「そうなの！」

彼女たちは、興味津々、と言った様子で僕を見てくる。

この街は、外から来る人が珍しいのだろうか……？

僕は周囲へと目を向ける。

眺めてみると、街を歩いているのもまた、多くが露出度の高い女の人だ。

中にはおとなしい服を着ている人もいる。けれど、女性ばかりなのは間違いない。

まだ昼間だし、男性は街の外へ狩りに行く、というような生活スタイルなのだろうか？

そうこう考えている内に、僕は立派なお屋敷に連れてこられた。

どうやら、ここで偉い人に許可を取ることになるらしい……。

最後まで優しかった門番の人たちと別れ、僕はこの街を治めているという、貴族の人と会うことになった。なんだか大袈裟な状況な気がするけど、まずは門番さんたちを信じよう。

これまた露出多めのメイドさんに案内されて待っていると、ひときわオーラを放つ美女が、部屋へと入ってきたのだった。

「…………」


思わず、見とれてしまう美貌。

入ってきたのは、綺麗な黒髪のお姉さんだ。

ゆったりとした印象の美人で、目許がとても色っぽい。

そしてその大胆な格好もあり、思わず目が身体に引き寄せられてしまう。

全体的に露出多めだった女の人たちの中でも、さらに肌色が多い印象だった。

ひらひらとした優雅な袖の部分に反して、下半身はスカートというよりも前掛けみたいな感じで、その魅力的な身体を惜しげもなくさらしている。

特にすごいのが、おっぱいだ。

彼女は爆乳で、それだけでも目を引いてしまうのに、その豊満なおっぱいを覆う布は小さく、いまにもこぼれ落ちてしまいそうなくらいだった。

乳首こそちゃんと隠れているものの、深い谷間はもちろん、横からも柔らかそうな乳肉がむにゅっと見えてしまっている。

そして彼女が歩くたびに、たゆんっ、たぷんっと揺れるのだ。

僕はその大迫力おっぱいに目を奪われてしまう。

その衝撃からなんとか立ち直るが、どうしてもおっぱいを意識してしまい……思わず、少し前屈みになってしまうのだった。

このひと、エロすぎるよ……！

見たこともない美人で爆乳のお姉さんが、おっぱいが半ば見えているような格好でいるなんて……。

女性経験のない僕には、刺激が強すぎた。

「初めまして。わたしはこの街を治めているバレーナよ。君は、なんていうの……？」

「アキノリです……」

僕が答えると、バレーナさんは綺麗に微笑んだ。

「そう、アキノリくんね。よろしく。この街に来てくれてありがとう、歓迎するわ」

そう言って微笑まれるだけで、ドキドキしてしまう。

恥ずかしくなって視線を下げようとすると、そこには、ぽよんっと柔らかそうなおっぱいがあって……どこを見ても刺激が強すぎる。

「アキノリくんは、遠くから来たのよね？」

「はい、そうなんです」

そんなふうにドギマギとしてしまう僕に、彼女は優しく声をかけてくれる。

「それじゃあ、このあたりのこと、わからないことも多いのよね。だって……男の子が、ひとりで出歩いていたくらいだし」

「えっと、ひとりだと危険、なんですか？」

強いモンスターや驚異の気配はなかったけれど……バレーナさんの様子だと、僕がひとりで歩いていたことに本気で驚いているようだった。

「そうね。正直、かなり危険だと思うわ。ここに来るまで、大丈夫だったの？」

「ええ、まあ……」

転移したのがこの街の近くだったので、人にもモンスターにも会うこうとなく街に着けてしまった。そのため、ここがどんな世界なのか……僕にはまだわかっていないのだった。

前の世界でなら転移トラップを踏んだことにすれば誤魔化せたが……こっちには、それがあるかどうかもわからない。

そんなわけで、僕はなんとか彼女から情報を探ろうと、いろいろと質問する。

「えっと……アキノリくんは、どのくらいのことを知っているのかしら？」

そう言って首をかしげるバレーナさんは、とてもかわいらしい。

思わずぼーっと見てしまいたくなるけれど……僕は、気合いを入れ直す。

「正直、ほとんど何もわからないです。その、常識とかもあまりなくて……」

「そうなのね。じゃあ、説明しておくわね。じゃないとアキノリくんが危ないと思うし……」

そうして、彼女は話してくれる。

「この国にはね、男の人がとても少ないの。いつの頃からか、どんどん減ってしまって……そうなると当然、子供も減ってしまうから……」

「大変なんですね」

どうやら、こちらの世界はモンスターなどの脅威ではなく、そういった部分で危機を迎えているらしかった。

「だから、この街もそうだけれど、ほとんどは女性が働いて社会を回しているのよ」

町中で女性しか目につかなかったのは、実際に男性はほとんどいないから、ということらしい。

なるほど……。

露出が多いのも、それだけ男性を射止めることが重要だから、ということだろうか？

しかし、そういったこの世界の事情はともかく……僕にはひとつの予感があった。

そのことを確かめようと、それからもいろいろと聞いてみたところで、現代のオタク知識でも考えてみる。その結果は予想どおりだった。

どうやらここは、男女逆転の異世界に類するところなんだな、というのがわかったのだ。

人口比のせいもあるだろうが、とにかく、男女の価値観が逆転している。労働力としても、権力構造としても、女子絵が重要な位置をしめている。そしてなにより、性的な意識が違っていた。

「人口問題を解消するために、男性――特に精力が旺盛な男性は、国家の中央に集められているの。そこで、子作りをしているのよ」

「なるほど……」

そう言う彼女だが、あまり浮かない顔だった。

「国のためとはいえ……そんなふうに男性を集めて、無理矢理させるのはどうかと思うの……。だからアキノリくんも、中央のほうへ行かないほうが良いと思うわ。きっと捕まって、施設へ入れられてしまうもの」

国の支援を受けて、女の人とセックスするだけで暮らしていける……それだけを聞くと、僕にとってはすごく良いところだな、という気がしてしまうけれど……。

バレーナさんの言い方からして、決してそんな、素晴らしいところではなさそうだ。

まあ、義務的に何度もさせられると考えると、確かにいいものではないのかもしれない。

この世界の男性は数が少ないだけでなく、性欲も薄いらしい。逆に女性は、常に子作りの機会を望んでいるのだそうだ。だからさっき、ひとりで街を歩くことさえ心配してくれたのだろう。

話しだけだと、女性経験がない僕としてはなんだか都合のいい妄想をして、勃起してしまいそうだけれど……もっと深刻な状況なのかもしれないな。

とはいえ、バレーナさんのような美人が、しかも露出の多い格好で「子作り」なんて言うものだから、いけない想像もついついしてしまう。

「もし嫌でなければ、この屋敷で暮らすといいわ。……その、貴重な男の子だっていうこともあるし、やっぱりそういう視線は向けられてしまうと思うけれど……。ここなら中央のように、離宮に集められて子種を絞られるなんてことはないし」

「ありがとうございます」

逆転異世界――か。どうやら、思ってもみなかったところに来てしまったようだけれど……バレーナさんのおかげで、住むところを提供してもらえたのは大きい。平穏に暮らした僕としては、引き籠もるのはむしろ、望むところだしね。

「あ、だけど。ここで暮らすうえでもそうだし、特に外を出歩くときは気をつけてね。アキノリくんは男の子だし、あまり無防備な姿を見せたり、かわいいことをすると、女の人に襲われてしまうと思うから……」

「気をつけます」

とは言ったものの、女の人に襲われるなんて……むしろドキドキしてしまう。想像も出来ない。実際に襲われたことがないから、そんな脳天気なことが言えるのかもしれないけど。

それに、こちらの世界に来ても僕の勇者の力は健在なわけで、本当に嫌なら逃げるのも返り討ちにするのも可能だろう……という余裕があるからかもしれない。

「わたしたちは、あなたを歓迎するわ……。その、いろんな意味で、ね」

ちょっと恥ずかしそうに言うバレーナさんはとてもかわいらしく、なのにおっぱいは、いまにもこぼれ落ちそうで……僕はまた興奮してしまうのだった。

●

バレーナさんは部屋まで用意してくれて、さらに食事にも誘ってくれた。

バレーナさんは街を治める貴族の女性だということで、屋敷の中には、たくさんのメイドさんもいたのだった。

彼女たちからは、やはり視線を感じるけれど、それは決して不快なものではなかった。

基本的には好意的な様子だ。しかし中には、隠そうとしつつも性的な視線もあって……これまでずっと非モテだった僕には、刺激の強い状況だった。

屋敷にいるお姉さんたちは、みんな綺麗だ。それが露出の多いあられもない格好で、僕を男として見て、興奮しているのが分かる。

そんな視線に晒《さら》されると、緊張とうれしさが湧き上がり……僕としてもドキドキしてしまう。

しかし僕は、まだこの屋敷に来たばかり。そして僕がバレーナさんの客人扱いだということもあってか、あくまで遠巻きに見られるだけだった。

おかげで一息つくことが出来、食事を終えたあとの僕は、用意してもらったベッドで横になる。

初めて来た世界での、慣れない環境だ。

戦闘とはまた違った緊張で、やはり少し疲れているみたいだ。

しかし、こんなに良い部屋やベッドを用意してもらったのも、初めてだった。

前の世界での、魔王討伐のときとは大違いな待遇のよさに、逆に落ちつかないくらいだ。

平和だっていうのは良いことなんだな、とあらためて思った。

「さてと……」

そうしてベッドに横になってみたけれど……。露出の多い美女に囲まれて過ごすなんて初めての経験なので、なんだか落ち着かず眠れなかった。

魔物が出る夜の山中よりも、落ち着かないくらいだ。

まあ魔物ぐらいなら、気配を察してから起きればいいと割り切って、けっこう寝られちゃうしね。

そんな僕なのに、今夜はどうしても落ち着かない。上手く眠れずにごろごろしているけれど、どうしても気持ちが治まらず、僕は頭を冷やすために部屋を出ることにした。

もう夜だということで、あまり音を立てないように歩いていく。

気配を消すのには慣れていた。

ここは平和な世界だということもあり、そういった動きに敏感な人もいないようだし。

これなら、気を遣いすぎる必要もないだろう。

そう思いながら歩いていると、先程食事をごちそうになった食堂に、人の気配を感じた。

「んっ……ふぅっ……」

近づいてみると、中から小さな声が聞こえる。僕はそっと、食堂の中をうかがった。

「…………ッ」

思わず声を漏らしかけて、ぐっとこらえる。

「あっ……ふぅっ、ん、あぁ……アキノリくんっ……んっ……」

そこにいたのは、バレーナさんだった。

彼女は先程まで僕が座っていた椅子に、うずくまっていて……。

「あぁっ、ん、あふっ……すっごい、濡れちゃってる……♥ ん、あぁっ……」

彼女の手は白い足の間へと伸び、小さく動いているようだ。

「あぁっ……ん、はぁっ……」

残念ながら肝心な部分は遮られていて見えないが……これはオナニーをしているのだろう。

僕はドキドキしながら、身動きできずに、その光景に見入ってしまう。

「あんっ……♥ はぁ、あ、んうっ……」

戦闘中でもないのに感覚が鋭敏《えいびん》になってしまい、僕の耳がしっかりと、彼女の股から発せられる水音を聞き取ってしまう。

くちゅ、ちゅくっ……といやらしい音がしているのだ。

それはもちろん、バレーナさんの濡れたアソコがたてている音で……。

僕の股間は、痛いほど勃起してしまう。それも当然だろう。

綺麗なお姉さんが、オナニーをしているのだ。そんな光景を目にするのは、当然初めてで。

こんなふうに、隠れて見てはいけない……と思うのに我慢できない。

頭ではわかっているけれど、僕は動けなかった。

「あぁっ……♥　ん、はぁっ……ふぅっ、んっ……」

彼女の手が動き、秘密の花園を刺激している。

どんなふうになっているのだろう……。直に見えないのが、とてももどかしく感じた。

「んはっ……あっ、あぁっ……」

色っぽい声が響いて、僕の脳を刺激する。

「あぁっ♥　ん、はぁっ……」

ちゅくちゅくと鳴る音に、重なる色っぽい声。そんなバレーナさんを見ていて……僕も今すぐに
この場でオナニーを始めてしまいたいほど、滾《たぎ》っていた。

「あぁっ♥　ん、はぁっ……もう、だめ、んっ……」

僕は食い入るように、バレーナさんのオナニーを見続けた。

「ああっ、ん、はぁ、んぅぅっ！」

だんだんと手の動きが激しくなり、足もはしたないほど開いていく。

そして彼女がいじっている、その秘密の花園が、わずかだけれど見えた。

あれが、女の人の――。

たっぷりの愛液をこぼし、女のフェロモンを漂わせているバレーナさんのアソコ。

指でかき回され、薄く花開くその割れ目。

いやらしい襞《ひだ》がヒクヒクと震えていて、細い指がそこをいじり回している。

「あふっ、ん、あぁっ！　あんっ♥　ん、はぁっ……！」

（そうだ……。アソコに、男のチンポが入るんだ……）

それを考えただけで、暴発してしまいそうなほど、肉棒がビンビンになっていた。

女の人のオナニーを生まれて初めて見たことで……僕の身体も、本能的にセックスがしたいと、準備を始めてしまったのかもしれない。

「んはぁっ♥　あっあっ♥　ん、ふぅっ……！」

僕がその光景に見とれている間にも、バレーナさんのオナニーは盛り上がっていく。

「あぁ……ん、はぁっ、あっ、ん、イクッ……！」

彼女はびくんと身体を跳ねさせた。

あれが、女の人がイッた姿なんだ……。僕は思わずつばを飲み込んだ。

「はぁ……はぁ……♥」

大きく息をしているバレーナさん。

そのアソコは愛液でびしょびしょになっており、まだひくついている。

あまりにも淫靡なその姿に見とれていると……バレーナさんが姿勢を変える。

「あっ……」

そして、扉のところにいた僕と目が合った。

「アキノリくんっ……!?」

彼女が驚いたような声をあげて、バレーナさんがさっと股間を隠した。

「ご、ごめんなさい……」

僕は気まずくなり、素直に謝った。

けれどこんな状況でも、僕の股間はズボンを突き破らんばかりに勃起してしまっている。

そしてそんな僕の節操のない股間に、バレーナさんの視線が向いていた。

「アキノリくん、それ……」

「うっ……」

僕は両手で股間を押さえた。これまでにないくらい滾《たぎ》っているそこは、そうして押さえただけでも限界で、すぐにでも擦《こす》ってほしいと訴えかけてくる。

「隠さないで……こっちに……」

「はい……」

オナニーをのぞき見したうえに勃起してしまった僕は、彼女の言葉に従って股間から手を外し、バレーナさんの正面に立つ。

こんなときだというのに……近づくと、バレーナさんの良い匂いと、女の人の発情した匂いがして、チンポが反応してしまう。

バレーナさんの目は、そんな僕の股間をじっとりと見ていた。

「それ……わたしの、その、オナニーを見て、そんなふうになったよね？」

「はい……」

彼女は顔を隠して、僕の勃起を見つめている。

バレーナさんのような美人に見られていると……ムラムラが抑えきれなくなってきた。

「勃起、してるんだ……」

「はい……」

小さくうなずくと、彼女はこちらへと手を伸ばしてくる。

「これ、男の人って、えっちな気分になったときに、勃起するのよね？」

「はい……バレーナさんが、ひとりでしてるのを見て……こうなっちゃいました」

「そうなんだ……♥　わたしのオナニーを見て、こんなに……♥　で、でも、アキノリくんのこれって……」

彼女の手が伸びて、膨らんだズボンの先端を再びつまんだ。

「あっ……！」

ズボン越しとはいえ、美女に勃起竿の先端を刺激されると、それだけでぴりっとした気持ちよさが走る。

その刺激に、思わず腰を引いてしまった。

「あっ、ご、ごめんなさい……。あまりにも膨らんでるから、なにか入れているのかと思って……その、これって本当にアキノリくんの……♥」

「う、そ、そうです……僕の、おちんちんです……」

恥ずかしがりながら言うと、彼女は顔を赤くしながら、さらに謝ってくるのだった。

「ごめんさいっ……男の子の、大事なところを触ったりして……ほ、本物だなんて思わなくて、あぁ……大丈夫？」

「は、はい……ちょっとびっくりしただけで、大丈夫です」

バレーナさんのような美人に触ってもらえるなんて、むしろご褒美だった。

いや、この状態で出してしまったらまずいから、やはり触られたら困るかな。

「アキノリくんのって、すごく大きいのね……あっ、ごめんなさい、こんなのセクハラよね……」

そうか……。

ここはいわゆる逆転異世界だから、倫理観も違うのか。

女の人のほうがえっちだし、恥ずかしがるのは男のほうなのかもしれない。

そう考えると、バレーナさんの反応も納得できる。

たとえば元の世界で、僕がいきなり女の子の胸やアソコをさわったりしたら、大問題だし。

大きいとか言っちゃうのも……。男としては嬉しいことだけど、女の子に「おっぱい大きいね」とか言ったら、確かにセクハラだ。

オナニーをのぞき見していた僕と、見られたバレーナさん。

空気的にはむしろ気まずいはずなのだけれど、彼女の興奮した状態や肉竿へ向ける視線もあって、ムラムラが収まらない。当然、チンポもビンビンのままだ。

「ね、アキノリくん……」

「はい……」

まだ興奮が収まらないようで、赤い顔で問いかけてくる。

「それ……おちんぽ、そんなに勃起させてるってことは……アキノリくんも、わたしを見てエッチな気持ちになってるってことなんだよね？」

「はい……」

女性の口から、おちんぽとか勃起とか言われると、それだけで興奮してしまう。

「それなら……」

彼女は、妖艶な笑みを浮かべながら言った。

「わたしと、えっちしない……？　わたし、もう我慢できないの……♥　アキノリくんのおちんぽ、挿れてほしいの」

「はいっ！」

つい、即答してしまった。だって、これほど綺麗なお姉さんに、えっちな匂いをさせながら誘われてしまったら、断るなんて発想があるはずもない。

「本当!?　本当にいいの？　わたし、もう止まれないわよ？」

「僕も、もう収まらないんです……！」

ガチガチに勃起しっぱなしの肉棒。

どのみち、このまま眠るなんてことはできるはずもなかった。

それに、バレーナさんのような魅力的なひととできるチャンスなんて、経験のなかった僕が逃すはずがない。

「わっ……」

ドキドキしながら彼女を見ていると、僕はいきなり、お姫様抱っこされてしまった。

たしかに僕は、小柄なほうだ。それもあるけど、こっちの世界では立場が逆転しているから……女の人がこうやってお姫様だっこするのが、むしろ普通なのかもしれない。

そんなふうに思ったのも一瞬で、抱きかかえられたことでむにゅんっと押し当てられたことに気付く。その爆乳の柔らかさに、理性なんてあっという間に溶かされてしまった。

「ん、ベッドにいくわね……♥」

そう言ってバレーナさんに運ばれる間も、むにゅむにゅとあたるおっぱいの感触に、神経のすべてが持っていかれてしまう。

おっぱいに感動している間にバレーナさんはベッドに到着し、僕を寝かせた。

「アキノリくん……」

彼女が覆い被さり、僕の服をはだけさせていく。

そしてズボンに手をかけて、下着ごと下ろしてくるのだった。

「きゃっ♥」

ズボンに押し込められていた肉棒が、解放されて飛び出してくる。

その勢いに、バレーナさんが嬉しそうな悲鳴をあげた。

「ああ……すごい……♥　これが、男の子のおちんぽ……♥　でもこれって、聞いていたよりずいぶん立派な気が……」

「そうなんですか？」

僕が尋ねると、彼女がうなずいた。

「わたしも見たのは初めてだけど……男の人のおちんちんって、指くらいの大きさだって聞いていたから……」

こちらの世界の男性は性欲が薄いみたいだし、そういった部分も控えめなのかもしれない。

そういえばさっきもバレーナさんは、ズボンの膨らみが本物だと思わなかった……みたいなこと言ってたし。一般的に、もっと小さいという感じなんだろう。

僕からするとバレーナさんの爆乳のほうが、こんなに大きいなんて……と感動するところだが。

「でも、アキノリくんのおちんぽは、すごく逞しくて……♥　こんなに凶暴そうなおちんぽ、本でしか知らないわ……♥」

「本？」

僕が聞くと、彼女は恥ずかしそうに言った。

「そう……女って、性欲が強いから……。だけど、男の子はあまりいないし、自然と……ね。そういう……その、えっちな本とかを、こっそり読むのよ」

「そうなんですね……」

現代では男性向けポルノのほうが圧倒的に多かったけれど、ここではそうなるのか。

確かに性欲が逆転していれば、それが自然なんだろう。

バレーナさんのような綺麗な女性が、エロい本を見てオナニーしてるんだ……そんな感動とともに、先程のオナニー姿を思い出してしまい、またむずむずしてしまう。

「でも、アキノリくんのおちんぽは、その本よりすごいくらいだわ……♥」

そう言って、彼女が手を伸ばしてくる。しなやかな手が直接、僕の肉棒を握った。

「あっ♥ すごい。硬くて、熱くて……これがおちんぽなのね……♥」

感触を確かめるように、にぎにぎと触ってくる。

「あぁ……バレーナさん、そんなに触られるとっ……」

「あっ、ごめんなさい、いやだった？」

「いえ……気持ちいいし、嬉しいですけど……。あまりいじられると、出ちゃいそうです」

「あっ……そ、そうなのね……。んっ、そんなかわいいこと言われたら、わたし……んっ♥」

彼女は、たまらないって顔でチンポと僕の顔を交互に見た。

「男の子がぴゅっぴゅと出しちゃうとこも見てみたいけど……一度出しちゃったら、数日は勃たないっていうし、もったいないわよね……」

「うっ……」

彼女の口からエロい言葉が出てくると、それだけでゾクゾクしてしまう。

しかしそうか……こっちの世界の男性は体力もないから、一度出すと復活できないのか……。

「僕の場合、その心配はいらないと思います……」

むしろ、バレーナさんのような美女のオナニーを見て、こうして触ってもらえて……一度出しただけでおさまるとは思えなかった。

思い出すだけで何度でもオナニーできそうなほど、エロい気持ちでいっぱいだ。

「そうなの？　アキノリくんは優しいのね♪」

しかしこの世界の男を基準にしているバレーナさんは、僕のそんな欲望を、彼女のために頑張るという宣言だと受け取ったみたいだ。

「そんな健気なこと言われたら、んっ、やっぱり、もう我慢できない……♥」

彼女はそう言うと、そのとろっとろになったおまんこを見せるようにしながら、僕にまたがってくる。

「あぁ……♥　逞しいおちんちんが、こんなに反り返って……こんなの、本当に入るのかしら……あぁ、んっ……」

うっとりと言うバレーナさん。

僕の視線も、愛液で濡れ、いやらしく光ってひくつくおまんこに釘付けだった。

あの中に、いまから入れるなんて……。

「それじゃ、ん、挿れるわね……」

「はい……」

僕が頷くと、バレーナさんはそのまま腰を下ろしてきた。

「んっ……はぁ、あぁっ……すごい、これがおちんちんなのね……」

騎乗位のかたちで、繋がろうとするバレーナさん。

「いくわね……おちんちん……もらうから……んはあぁぁぁぁっ♥」

「うあぁ……！」

彼女が腰を下ろすと、一瞬だけ抵抗感があったものの、それをつき破ってずぶりと肉棒が膣内に咥えこまれてしまう。僕たちの初体験は、あっさりと成功した。

「あうっ、あっ……♥　すごい、これ、んあぁっ……大きなおちんぽが、わたしの中に、いっぱい入ってきて……♥」

「バレーナさん、僕もうっ……！　ああっ……！」

びゅくびゅくびゅくっ！

うねる膣襞《ちつひだ》に包み込まれながら、これがバレーナさんのおまんこなんだ……女性とセックスしてるんだ……そう認識したときにはもう、気持ちよさのあまり射精してしまっていた。

「あっ、あぁぁ……！」

美女のオナニーを見たことで高められていた肉棒は、初めておまんこに咥えこまれただけで、耐えきれなかったんだ。

「あぁっ♥　すごいわ、あんっ……♥　アキノリくんの精液が、わたしの中に出てるのね……ほん

と に……男の子に、んっ、中だし、されちゃった♥」

「あぅ……」

僕の上にまたがったままの状態で、艶やかな笑みを浮かべるバレーナさん。

その顔はとても美しくて、エロくて……僕の視線は釘付けになってしまった。

だけど同時に……。

信じられないほど気持ちよかった射精を終えると、挿れただけですぐに出してしまったことへの格好悪さや申し訳なさが湧いてくる。

「バレーナさん、僕……」

「ごめんなさい、アキノリくん……」

しかしなぜか、僕のほうが謝られてしまう。

「さっき、アキノリくんは、一回出しても頑張ってくれるって言ったわよね」

正確には、この世界の男性じゃない僕は、一回出したくらいじゃおさまらない、ということだったけれど、それを訂正する暇もない。

「その言葉に、甘えちゃうわね。……わたし、もう我慢できないの……だって、こんなに硬いままなんだもん……。逞しいおちんぽが、わたしの中をまだ満たしていて……あっ、んはぁっ♥」

バレーナさんはそう言うと、腰を振り始めた。

「んはぁっ……！　あっ、ん、ふぅっ……！」

「バレーナさん、あぁっ……！」

射精直後の肉棒が再び、うねる膣襞にしごきあげられていく。

「すごいっ♥　あぁ、おちんぽ、本当に大きなままで……あっ♥　ん、はぁっ、アキノリくんっ……すごいの！　ん、はぁっ……」

バレーナさんは発情したメスの顔をしながら、僕の上で腰を振っていた。

「あぁ……すごく……えろいです」

その姿はとてもドスケベで、こんな姿を見せられたら……。

「あっ♥　ん、はぁっ……！　あう、んぁっ……！」

バレーナさんは、前後にも腰を動かしている。グラインド騎乗位というやつだ。

上下に動いて射精を促すピストン運動とは違う、快感を求めた動きだった。

「あぁ……！　ん、はぁっ、アキノリくんっ♥　あっ、ん、はぁっ……！」

初めてとは思えないくらい、なめらかに腰を動かすバレーナさん。

この世界では女性の性欲が強いということだし、もしかしたら、彼女もいろいろと妄想をしていたのかもしれない。

こんな美しい人が……。そう考えるだけで、僕の興奮は増していった。

「あっ♥　ん、はぁっ……あぁぁ、すごい、こんなの、あぁっ……！　おちんぽ、セックスが、こんなに気持ちいいなんて……♥」

バレーナさんは腰を振って快楽に溺れながら、感動しているようだった。

それは、僕も同じだ。

バレーナさんのような美女と、出会ったその日にセックスできるなんて……。

しかも、腰を振る彼女を見上げるていると、その魅惑的な爆乳がたぷんたぷんと弾んでいるのが目に入るのだ。

そんなエロい光景を見せられ、しかもチンポはおまんこいっぱいに包んでもらえている。

童貞だった僕には、夢のような状態だった。

「あぁっ……！　もう、ん、はぁっ……イっちゃいそう！　ん、イクッ！　んはぁっ、あぁっ！」

彼女がイったみたいで、ただでさえキツキツだったおまんこが、跳ねるように収縮した。

肉棒全体が襞《ひだ》に擦られ、締めあげられる。

「あぁっ♥　ん、はぁっ……すごいのぉ……♥　こんな、こんなの、んっ、はぁっ、あぁっ……！　イっても、腰が止まらないなんてっ……！」

「バレーナさん、あぁっ……！」

言葉どおり腰は止まらなかった。蠕動する膣襞が肉棒を刺激し、僕はまた限界を迎えそうになる。

「また、出ちゃいます、僕……！」

「いいの！　出して、んぁ、わたしの中に、あぁっ……♥　アキノリくんの、精液っ、たっぷり出してほしいっ♥」

「ああっ……でるっ！」

「んはぁっ♥　あっ、きたぁ……♥　熱い精液、出てるぅっ……♥」

僕は再び、バレーナさんの膣内で大量に射精した。

「あぁ……はぁ……」

連続での二回目とは思えないくらい、気持ちがいい射精だ。

「あうっ、あぁっ、中出しされて、イクゥッ……！」

バレーナさんもイったようで、その身体がぴくんと跳ねる。

「すごい♥　せっくすって……こんな気持ちいいの知っちゃったら、わたし、もう、あぁっ……！」

それでも、彼女は止まらずに腰を振っていく。

その動きが今度は、精液をもっとねだるように、上下のピストンへと変わっていった。

「あっあっ♥　ん、はぁっ、あうっ……！」

にちゃにちゃ、ぐちゅぐちゅと接合部がいやらしい音を奏でる。

精液と愛液が混ざった液体が、かき回されて泡立っていた。

「あぁぁっ♥　んん、はぁっ、あぁ……♥」

腰を振るバレーナさんも、うっとりとしたエロい感じ顔で、長い髪を乱れさせながら快楽をむさぼっていく。

「あふっ、ん、はぁっ……あぁっ、あうっ……！」

彼女が激しく腰を振ると、それに合わせておっぱいも弾んでいく。

ボリューム感たっぷりの爆乳が揺れる姿はあまりにもエロい。

「バレーナさん……」

僕は呼びかけながら、その大きなおっぱいへと手を伸ばしていく。

「あんっ♥　あっ、アキノリくんっ……♥」

「うわ……すごい、柔らかくて、あぁ……」

むにゅりと下から触ったおっぱいは、とても柔らかく、ずっしりとしていた。

これがバレーナさんのおっぱいなんだ。

もにゅもにゅと揉むと、おっぱいに指が埋まってしまう。

「んはぁっ♥　あっ、男の子に、おっぱい触られるなんて、あっ、そんなに揉んじゃだめぇっ、あっ、いっちゃう、ん、はぁっ！」

「バレーナさん、あぁ……！」

手には収まりきるはずもない爆乳……極上の柔らかさは、掌にずっしりと感動を伝えてくる。

「あん♥　あっ、男の子の手、すごい、ん、はぁっ♥」

「うっ！　でます……うあ！」

僕はまたも、遠慮なしの中出しをしてしまう。

「あぁ♥　ん、力強くて、あ、んはぁっ！」

彼女はもう、それもお構いなしとばかりに腰を振ってきた。

いや、射精に合わせて激しくなるあたり、意識はしているのか。

「あぁっ♥　ん、はぁっ、あぁ、すごいよぉ、アキノリくんっ……♥　ちんぽ大きくて、何回もできて、あっ、んはぁっ……！」

「うあ、バレーナさん、あぁ……」

異世界から来た僕は、こっちの男の人とは基準が違う。元勇者だから、体力にも自信はある。

しかしバレーナさんの性欲もまた想像以上で、僕は彼女にむさぼられるまま、快感に飲み込まれていった。

「あぁっ♥　すごい、んぁ、ああっ♥　こんなに気持ちいいの、知っちゃった……♥　あぁっ、ん、はぁっ！」

彼女は嬌声をあげながら、激しく腰を振っていく。

「んはぁっ♥　あっ、あぁっ♥　もうだ、め、今までより、すごいのきちゃうっ……♥　わたし、もう、あっ、んはぁっ……♥」

「あぁ、そんなに締めつけられたら、僕もまた出ちゃいます……！」

「アキノリくんっ♥　すごい、まだ出せるのね……あっ、ん、はぁ！　いいの、一緒に、イキましょうっ♥　んぁ、あっあっ♥　ほら、んんくぅっ！」

「あぁ……！　うぁ……」

彼女はさらに盛り上がり、激しく腰を振ってくる。

蠕動する膣襞が、肉棒をしっかりと咥えこんでしごきあげてくる。

「んはぁっ♥　あっあっ♥　もう、イクッ！　おかしくなる！　んぁ、アキノリくんっ！　あぁっ、んはぁっ、あんっ♥　あうっ！」

激しく乱れるバレーナさんの姿。

ドスケベな美女の腰ふり。弾むおっぱい。感じている顔。

僕は夢のような快楽の中で、限界をむかえる。

「んはぁぁあっ！　んぉっ♥　んくぅっ！　あぁっ、んひぃっ♥　も、イクッ！　あぁ、イックウウゥウゥッ！」

どびゅっ、ビュルルルルルッ！

彼女が絶頂したのに合わせて、僕も射精した。

「んはぁぁぁっ♥　あっ、あぁっ……アキノリくんのザーメン、んぁ、わたしの奥に、ベチベチ当たってるのぉ♥」

「あぁ……しまる……おまんこも、きついです！」

射精中の肉棒を締めあげ、精液をしぼりとっていく秘穴。処女だったとは思えない反応だ。

「んぁ、あっ♥　あぁ……♥」

彼女は快感のあまり、僕にまたがったまま、放心状態になっているようだった。

生殖の機会が少ないからか、この世界の女性は貪欲なようだ。おまんこも、すごい吸いつき具合だった。

「う、あぁ……」

バレーナさんが快楽の余韻に浸っている最中も、膣襞が肉棒をまだまだ甘く刺激してくる。

「あぁ……♥　ん、はぁ……アキノリくん♥」

彼女はとろけた顔で、僕を見た。

「あなたってすごいのね……♥」

「バレーナさんこそ……僕、気持ちよすぎて……」

「あっ♥　んっ……」

彼女は腰を上げて肉棒を引き抜くと、むぎゅっと僕を抱きしめてきた。

むにゅりと大きなおっぱいが、僕の顔を覆ってしまう。

その感触はとても気持ちよく、同時にどこか安心するものだった。

「アキノリくんのおちんぽを知っちゃったら、もうひとりじゃ満たされなくなっちゃう♥」

それは僕も同じだった。セックスがこんなに気持ちいいものだったなんて……。

バレーナさんだからかもしれないけど、想像していたよりもずっとすごく、何度も射精してしまった。彼女の性欲に当てられたのか、自分でもびっくりするくらいだ。

「ん、アキノリくん……♥」

さすがに、連続で射精しすぎて、体力を使い果たしていた。

それに、柔らかなおっぱいに包み込まれて、安心感と気持ちよさが襲ってきて……。

僕はそのまま、眠りへと落ちていくのだった。

●

ぼんやりと意識が浮上し、目が覚める。

「あ、おはよう♪」

「おはようございます……」

ベッドの側にいたバレーナさんに声をかけられ、僕は答えた。

その綺麗な顔を見て、昨日のめくるめく体験を思い出す。

こんな綺麗なお姉さんと、セックスしたんだ……。

現代では、何の取り柄もない地味な男だった。

チート級の能力を得ていた魔王討伐の日々でも、女性になんてまるで縁はなかった。

女性と関係できるなんて、想像もしていなかった僕が……。

こんなふうに、朝を迎えることができるなんて。

この世界に来ることができて、本当によかったな。

あらためてそう思うのだった。

と、浸ってばかりもいられないので、僕は身体を起こして身支度を調える。

元々、男が少ない世界だ。屋敷には男物の衣服はなかった。

だから着替えもなかったのだけど、メイドさんが布から簡易に仕立ててくれたようで、僕は全身をくるむローブのような格好になったのだった。

そのままメイドさんに案内されて、食堂へと向かう。

歩く最中も、屋敷を行き交うメイドさんたちの視線を感じる。

勇者をしていたときも視線を集めることはあったので、注目にはわりと慣れている。

現代世界では地味キャラだったので、最初の頃はとても緊張したものだ。

しかし、そんなふうに他人の視線に慣れた僕でも、それがかわいくて露出多めな女の子からの、性的な視線となると、少し別だ。

残念ながら、モテた経験はない。別の意味で緊張してしまう。

ともあれ僕が食卓につくと、メイドさんが料理を運んできてくれるのだった。

その食事に、僕は感動する。

といっても、特別すごいモノが出てきたわけではない。

メニューはパンに厚切りベーコン、目玉焼きに野菜スープだ。

現代感覚で言っても普通の朝ご飯なのだが、その普通というのが素晴らしいかった。

パンも白パンに類するもので、柔らかく食べやすい。

状況の切迫感が違うので文句は言えないけれど、前の世界では硬く焼いた黒パンが一般的だったからね。長持ちさせるためとなると、余計に硬くなってしまうのだ。

それに比べて、こちらでは生活に余裕もあるため、柔らかなパンが食べられる。

「食事をしながらでよいのだけれど……」

向かいで食事をしているバレーナさんが切り出した。

「これからのことについて、話しておきたいの」

「はい」

僕はうなずいた。

昨日はここへ来たばかりで、ひとまず部屋に通してもらい、休むことになったからな。

僕としては、バレーナさんのような美女とセックスできたことで、他のすべてが吹っ飛んでいたけれど……。そういえば街に入るときも、男だってだけで門番の人たちがざわついて、街を治めるバレーナさんに直で指示を仰ぐぐらいだったしね。

「もしアキノリくんさえよければ、このままこの街で――この屋敷で過ごしてもらえると嬉しいわ。少なくとも、他よりは安全でもあるし」

僕としても、嬉しい提案だった。

「バレーナさんがよければ、僕もそうしたいです」

安全というよりも、またバレーナさんと……という期待が大きいのだけれども。

この世界基準のバレーナさんにしてみれば、僕は希少な男だ。この世界の男の人と同じように、女性から襲われる側、という認識なのかもしれない。

実際のところは、平和なこの世界の人では、武器を持って不意打ちをしてきても、僕に傷一つつけることはできないだろう。逃げるのだってたやすい。

まあでも、そういった力は、ばれないほうが暮らしやすいだろう。むしろ知られてしまったら、前の世界と同じで、逃げなければいけなくなってしまう。

魔王討伐のようなインパクトのある活躍はないから、そこまでではないだろうけど……。

僕の力そのものが、化け物じみているのは変わっていないのだし。

「本当ね？　とてもうれしいわ♪」

しかし、そう言って喜ぶバレーナさんの笑顔を見ていると、心がすっきりとするのだった。

「この街にいれば、誘拐されない限り、中央に連れていかれることもないと思うわ」

「結構、連れて行かれてしまうものなんですか？」

僕が尋ねると、彼女はうなずいた。

「そうね。子作りは国にとっても重要だから。でも、みんなが連れていかれるわけじゃないの。精力やその他の能力などで、優秀とされた人は連れていかれることが多いわね。強制的ではあるけれど、報奨金などはちゃんと出るわ」

喜ぶかどうかは、人によって、という感じらしい。

名誉であることは間違いないのだが、城の中に集められ、子作りするわけだからな。

性欲があまりないこちらの男性にとっては、結構大変なことらしい。

もちろん貴重な男性ということもあって、ケアはされるらしいのだが。

うーん……。他の世界から来た僕としては、バレーナさんと出会っていなければ、ホイホイとそれについていってしまったかもしれない。

「でも、どうしてこの街だと大丈夫なんですか？」

そういった事情なら、どこであっても国からは逃げられなそうだが……。

「それは……」

彼女は少し考えるようにしてから言った。

「それはわたしが、強制的に子作りさせることに賛成していない貴族だからよ」

「そうなんですか」

中央相手にそれが成り立つということは、バレーナさんは結構、すごい貴族なのだろう。

「まあ、そんなだからこの街はなかなか開拓されないし、わたしたちの土地は国の端っこなのだけれどね……」

ちょっと困ったような笑みを浮かべるのだった。

「でも、そのぶん自由もあるから気に入っているわ。他の土地からこちらへ来る人もいるくらいだし。ただ、男性が表立《おもてだ》ってここへ移り住むことは、まずできないわね」

まあ、そうすると徴用されたくない男性がみんな駆け込んでしまい、国としては困るからな……。

僕としてはバレーナさんといられれば、あとはどうでもいいかな、と思っていた。

「僕はバレーナさんと、一緒にいたいです」

なので、素直にそう言ってしまった。

「そんな嬉しいこと言われたら、わたし……♥」

彼女の目の色が変わったのがわかる。

そんな目で見られると、僕としてもまた期待してしまう。

「あ、でも、この街の中なら、アキノリくんは自由に女の子を愛していいからね」

「えっ……」

唐突な言葉に、僕は驚いて声を出してしまう。

「この国では基本的に一夫多妻だし、男の子は貴重だから。アキノリくんはその辺の男の人と違って、すごく逞しいし。それに……」

逞しいというのは、性的な意味でだろう。昨日も、彼女の中で何回も射精してしまったし。

思い出すと今も、ちょっとムラムラしてしまう。

体内の魔力が高いから戦闘力はあるものの、体格だけでいえば僕は小柄で、細いほうだ。

バレーナさんが逞しいと言ったときに、チラリと視線が下へ向いたのも見えた。

そんなことを考えていると、彼女は続ける。

「昨日、アキノリくんに愛してもらって、セックスのすばらしさを感じることができたから。アキノリくんさえよかったら、いろんな女の子を愛してあげてほしいの。もちろん、わたしも含めて無理に付き合う必要はないし、言ってくれればできる限り、あなたを守るようにはするわ」

僕としては願ったり叶ったりな提案だった。

でも、たしかに。男が少ないとなれば一夫多妻も当たり前なのか。

この国で育っているバレーナさんにしてみれば、そこに嫉妬する要素はない、というわけだ。

まあ、性欲がかなり強いようだから、そっちの問題は別だろうけれど。

しかしあらためて……。僕にとっては、ものすごく理想的な状態だ。

「精力のつくものも、いろいろ用意しておくわね♪」

「ありがとうございます」

逆転異世界での、綺麗な女性に囲まれてのハーレム生活……。

そのことへの期待によって、僕の胸は高鳴ってしまうのだった。

しばらくして。話も一区切りついたところで、バレーナさんが潤んだ目で僕を見つめた。

「ね、アキノリくん……もしよければ、さっそく愛し合わない？　昨日あれだけしたけど……アキノリくんなら、もう元気でしょ？」

そんなふうに誘われると……それだけで、僕の股間には血が集まり始めてしまう。

「もちろんです！」

元気に答えると、彼女は嬉しそうに笑みを浮かべるのだった。

そしてまだ朝だというのに、僕らはベッドへと向かった。

●

「ん、ちゅっ……♥」

ベッドに向かうと、バレーナさんがキスをしてくる。

柔らかな唇と、間近で感じる彼女の甘い匂い。

「あぁ……♥　アキノリくん、ちゅっ♥　あふっ、キスだけで、濡れてきちゃう……すごく幸せな気分だわ」

「僕もです……」

「ちゅっ、れろっ……♥」

彼女が小さく舌を伸してきて、それに答えるように僕も舌をからめていく。

「ん、れろっ……ちゅっ……♥」

互いの唾液を交換するように舌を絡めていった。

「あふっ……ん、ちゅっ……」

彼女の手が僕の背中をなで、お尻のほうへと降りていく。

「バレーナさん……」

「きゃっ♥　アキノリくん……♥」

僕はたまらなくなり、彼女をベッドへと押し倒した。

バレーナさんは、潤んだ瞳で僕を見上げる。

「アキノリくん、積極的……♥」

うっとりと彼女が言った。こちらの男性は愛撫などはせず、女性主導でされるがままになっているのが普通なのだと聞いた。

けれど僕は違う。彼女のような魅力的な女性を前にして、じっとしていることができなかった。

「脱がせますね……」

そう言って、薄布の服に手をかけていく。

女性の服なんて脱がせたことはないけれど……バレーナさんが着ているものはとても露出度が高く、おっぱいだってあふれてしまわないのが不思議なほどだ。

「あぁ……」

だから少しずらすだけで、ぷるんっと震えながら、その爆乳が出てきてしまう。

柔らかそうに揺れる双丘。

僕はそんな爆乳おっぱいへと、手を伸ばしていった。

「わぁ……おっきい」

「あんっ♥」

むにゅり、と極上の感触とともに、手を受け入れた乳房がかたちを変える。

昨夜も目の当たりにした光景だが、やはりすばらしいものだ。

僕はその爆乳を両手で揉んでいく。

「あ、ん、アキノリくんっ……♥」

バレーナさんは、僕のつたない愛撫でも感じてくれているみたいだ。

むにゅむにゅと、掌に収まりきらないおっぱいを揉んでいく。

「ん、アキノリくんの手、気持ちいい……♥」

「本当ですか？　僕のほうこそ、すごく気持ちよくて……」

おっぱいをむにゅむにゅと揉んでいると、とても幸せな気持ちになってくる。気持ちいいだなんて言ってもらえて……僕はますます熱を入れて、バレーナさんのおっぱいを愛撫していった。

「あぁ、ん、はぁっ……♥」

「あっ……乳首、立ってきましたね」

「やんっ♥　そんなこと言っちゃダメ……」

豊かな山の頂点に、ぷくっとかわいらしく主張してくる乳首。

僕はその乳首を、指先でなでるようにいじる。

「んぁっ♥　あっ、そこ、んっ、ふぅっ……」

「気持ちよくなってくれてるんですね」

彼女の反応を見ながら、僕はくりくりと乳首をいじっていく。

とても柔らかなおっぱいなのに、そこだけは弾力があって不思議だ。

僕はそんなバレーナさんの乳首を、指先でさらに弄んでいった。

「んぁっ♥　あっ、だめ、そんなに、乳首くりくりいじられたら、わたし、それだけで、んぁ、あっ、ん、はぁっ♥」

彼女が小さく身体を跳ねさせた。

感じているその姿はとてもえっちで、僕はますます熱が入ってしまう。

「あぁっ♥　ん、はぁ、ん、ふぅっ、あぁっ、乳首、あぅっ、いじられて、イっちゃう♥　んぁ、あっ、あぁっ！」

僕の愛撫で、女性がこんなにも感じてくれている……。

そんなふうに感動しながら、その敏感な乳首を刺激していった。

「あっあっ♥　だめ、ん、はぁっ……！　あぁっ、イクッ！　んぁ、あんっ、乳首だけで、あっ、んんぁ、んくぅぅっ！」

バレーナさんは軽くイったみたいだ。その顔が快楽でとろけていた。

普段は優しいお姉さんといった印象の彼女が、感じ入ったメスの顔をしている。

そんな顔を見せられたら……。

僕の股間はもう、苦しいくらいに勃起していた。

「バレーナさん……！」

僕は彼女の服を脱がせていった。

「あっ、アキノリくん♥」

嬉しそうに、されるがままになっている。

そしていよいよ、残すのは下着一枚になってしまった。

「脱がしますね」

「うん……♥　あっ……♥」

あえて受け身でいてくれるバレーナさんは、とてもかわいらしい。

積極的でドスケベな姿も大好きだけれど、だからこそ受け身に回ったときのギャップが僕の股間を刺激してくるのだった。

「あ、んっ……」

もう濡れて、割れ目の形がわかってしまうくらいに張りついている下着。

淫靡な陰裂の形が強調されているようで、裸以上にエロい。

僕は小さな下着に手をかけて、ゆっくりと下ろしていった。

「んっ……♥」

小さく声を出すバレーナさん。下着を脱がすとすぐに、花園からはメスのフェロモンが香った。

うるみを帯びた割れ目が、肉棒を求めてなまめかしく誘う。

「バレーナさん……四つん這いになってください」

「四つん這いに……？」

彼女は不思議そうに言った。

「はい。バックで、バレーナさんを犯したいです」

「バックで……♥　アキノリくんに、そんなこと言われたら……♥」

彼女はそう言うと、すぐに四つん這いになってくれた。

「ん、これでどう……？　男の子が、そんな積極的なこと……あぁ……♥　それだけで、イっちゃいそう……♥」

彼女はそう言って、丸みをおびたお尻と、濡れ濡れのおまんこをこちらへと見せてくれる。

むちっとしたハリのある尻肉は、やはりとてもエロい。

バレーナさんからしても、この格好は感じるものがあるみたいだ。

女性だけが積極的なこの世界では、男性主導のバックという体位は珍しいのかも。

四つん這いのバレーナさんは、期待におまんこを濡らしている。

僕は服を脱ぎ捨てると、もうすっかりと大きくなっている肉棒を、その膣口へとあてがった。

「あんっ……♥　アキノリくんの、硬いの、当たってる……」

くちゅり、と水音を立てて、亀頭と膣口が触れあう。

少し腰を進めると、おまんこがすぐに吸いついてきた。

「うぁ……」

気持ちよさに声が出てしまう。僕は、ぐっと腰を前へと押し進めた。

「んぁ♥ あっ、んはぁっ……」

ぬぷり、と肉竿がおまんこに飲み込まれていく。

「あぁっ、太いの、わたしいの中に、入ってきてるっ……♥ あぁっ♥ アキノリくん、あっ、んはぁっ……」

「バレーナさん、すごい締めつけです……」

蠕動する膣襞がペニスをきゅっきゅと締めつけてくる。

「あぁんっ♥ アキノリくんの大きいのに、わたしのおまんこ、広げられちゃってる……♥」

「う、あぁ……動きますね」

そう言って、僕は腰を動かし始める。おまんこがきゅうきゅうと吸いついてきて、少し動くだけでもその襞《ひだ》がこすれて気持ちが良い。

「あぁっ♥ ん、あふっ……すごい、んぁ、ああっ……アキノリくんが、腰振ってるっ……んぁ、あっ……！」

彼女はかわいい声を上げながら、身体を小さく動かした。

僕はむにゅりとお尻をつかんで、腰を動かしていく。

「あぁっ♥ んはぁ、おちんぽ、うごいてるぅっ……♥ 男の子が腰を振るなんて、エッチすぎるわ……♥ あっ、んんっ……」

こっちの世界だと、それだけでも珍しいということなのだろうか。

「あぁっ、だめっ……まだ挿れられたばかりなのに、わたし、イっちゃいそう……！　んはぁっ♥

あっ、んんっ……」

「好きなだけイっていいですよ！」

そう言って、ズンッと腰を前に出す。

「んはぁぁぁぁっ♥」

彼女はびくんと反応しながら、軽くイったみたいだ。

「あぁっ♥　おちんちん、奥まで、あっ、んっ♥」

もちろん一度イったくらいで、バレーナさんの興奮が収まることはない。

むしろ、もっともっととねだるように、おまんこが締めつけてきた。

「んぁ、あっ、あぁっ♥　ズブズブ、奥まで来て、あっ、ん、はぁっ……」

「う、あぁっ……！」

締めつけを受けて、僕もすぐにでも出してしまいたくなる。

「んあぁっ♥　あっ、んくぅっ！」

むっちりとしたお尻をつかんで堪《こら》え、そのまま腰を振っていく。

「あふっ、アキノリくんっ♥　あっ、んはぁっ……」

絡みついてくる膣襞を擦り上げながらピストンを行うと、バレーナさんが嬌声をあげていった。

「んぁっ、ああっ！　おちんちん、わたしの奥にごつごつあたってるのぉっ♥　あぁっ！　ん、はぁっ、んぅっ♥」

彼女は声をあげながら、その身体を揺らしていく。後ろから突いていくのは獣じみていて、バレーナさんのような美人を犯していると思うと、余計に興奮してしまう。

「あぐ、バレーナさん……！」

「あふっ、んぁ、おちんぽ、イキそうなの？」

「はい、もう、出そうですっ……！」

「いいよ。きてぇっ♥　わたしの中に、いっぱいぴゅっぴゅしてぇっ♥」

「うぁ……」

そんなふうにおねだりされると、雄としての本能がたぎってしまう。

「んはぁっ♥　あっ、だめっ、また、イっちゃう♥　アキノリくんのおちんぽに疲れて、いっぱいいっちゃうぅっ♥」

「あぁ……そんなに締めつけられると、うっ……！」

精液がせり上がってくるのを感じながら、パンパンと腰を打ちつけていった。

「んはぁぁあ♥　あっあっ、イクッ！　んぁ、アキノリくんも、んぁ、出してっ♥　あっあっ♥　んはぁぁあっ！」

「あぁ、出ます！」

どびゅっ、びゅくんっ！

僕はそのまま、彼女の中に射精した。

「んはぁぁぁっ♥　あぁっ、精液、びゅるびゅる出される気持ちよさで、イクウゥゥゥッ！」

バレーナさんが絶頂し、その膣襞が肉棒を締めつける。

「あぁっ♥　んはぁっ、あうっ、んぁっ……♥」

「あぁ……射精中なのに、どんどん搾り取られちゃいますっ……」

「あぁ♥　バックで突かれるの、えっちすぎよぉ……♥　アキノリくん、最高だわ……♥　あぁっ、ん、あふっ……」

「うぅ……バレーナさんも、ドスケベで最高です……！」

綺麗なお姉さんがあられもなく乱れる姿……。それは間違いなく最高だった。

「腰、止まらないです……！」

チンポに吸いついてくるおまんこ。その気持ちよさに、僕はそのまま腰を振り続ける。

「んはぁ！　あっ、あぁっ！　元気過ぎるんだから……♥　あぁっ、すごい、あうっ！　あんっ！」

バレーナさんは嬉しそうに言いながら、嬌声をあげていく。

パンパンと腰を打ちつける音が鳴り、おまんこからあふれる愛液が泡立っていた。

「あぁっ♥　ん、はぁっ、あうっ……！　アキノリくんのおちんぽ♥　すごすぎるよぉっ……大きくて、硬くて、出してもガチガチ、んぁ♥」

「バレーナさんがエロすぎるから、ムラムラが治まらないんです！」

「んはぁっ♥　あ、あっ、そんな嬉しいこと言っちゃだめぇ♥　んぁっ……その言葉だけで、おまんこきゅんきゅんしちゃう！」

「うぁ……！」

彼女の言葉通り、膣襞《ちつひだ》が喜ぶみたいに肉棒を刺激してくる。

「んはぁっ♥　あっ、ん、はっ！」

そんな蜜壺を、チンポでかき回していく。

四つん這いで喘ぐバレーナさんは、ドスケベで興奮する。

「んぁ、あっんっ♥　あっ、あぁっ……」

僕はそのまま彼女を、後ろからまだまだ犯していった。

「んはぁっ♥　あっ、イクッ！　また、んあ、あぁぁっ！　んぁ、おぉっ♥　んぁ、あっあっ！　ん、あぅっ！」

「あぁ、また出ちゃいそうです……」

「んぁ、あっ、ふぅっ……何度でも、あっ♥　ん、あぁっ、わたしのおまんこでイって……♥　んあ、あぁっ、あぁっ……」

「う、あぁ……！」

僕はさらに激しく、バレーナさんのおまんこを突いていく。

「あっあっ♥　んくぅっ！　あふっ、おちんぽ、ほんとにすごいのぉっ♥　あっ、ん、んぉ♥　イクッ！　あぁっ、んはぁっ！」

「あぁ、うっ！」

「あぁっ！　おまんこイクッ！　おまんこイクゥッ！　んぁ、ああっ♥　んおぉっ♥　イックウウ

ウウウッ！」

バレーナさんが絶頂し、膣襞がうねる。

「ああっ……！」

どびゅびゅっ、ビュルルルッ！

そんな絶頂おまんこの締めつけに、僕も再び射精をした。

「んはぁぁぁっ♥　あぁ、イってるおまんこに中出しされるの、んぁ♥　気持ちよすぎて、おかしくなっちゃう、んあぁぁぁっ！」

「う、あぁ……バレーナさん、うっ！」

射精中の肉棒をきゅうきゅうと締めあげられて、僕はすべての精液を絞られていく。

「んはぁっ……♥　あぁ、あふっ……♥」

何度もイって体力を使い果たしたのか、バレーナさんが姿勢を崩し、ベッドへと倒れ込む。

「あんっ……♥」

その勢いで、膣襞を擦りながら肉棒が抜けた。

「あぁ……♥　アキノリくん……♥」

ベッドの上にうつ伏せになり、呼吸を整えているバレーナさん。

セックスの激しさですこし汗ばんだその身体は、とてもエロい。僕も、その隣に倒れ込んだ。

気持ちよくて、幸せで……。

この世界へきて、バレーナさんと出会えて、本当によかったと思うのだった。

第二章　お屋敷での暮らし

バレーナさんのお屋敷で暮らすことになった僕には、世話係兼護衛としてメイドさんがつけられることになった。

世話係はそのままの意味として、護衛というのはなんと、他の女性から僕を守るということらしい。一応、僕自身それなりに強いという話はしてあるけれど、こちらの世界の常識があるわけじゃないし、広い意味ではたしかに、身を守る必要はあるだろう。

……それこそ、異性からの誘惑に弱いという自覚はあるし。

それに女性相手に、追い詰められたから力業で解決……っていうのも、あまりよくないしね。

前の世界ではチート級の力をもらって、少し調子にのっていた。

魔王によってモンスターが多い危険な場所だったこともあるが、とにかく力で解決、みたいなところもあった。ころもあった。けれど、平和なこっちではそういうのってあまりスマートじゃないだろう。

そんなわけで僕は、リベレと名乗ったメイドさんにお世話をしてもらうことになるのだった。

「よろしくお願いいたします、アキノリ様」

「こちらこそよろしくお願いします、リベレさん」

リベレさんは金色の髪をした綺麗な女性だった。

色白で冷静な雰囲気もあって、お人形さんっぽい印象だ。

クールなメイドさん……すごくいいよね。

彼女の服装はもちろんメイド服——なのだけれど、それもこちらの世界仕様のものだ。

僕がイメージしていたメイド服よりずっと露出が多く、えっちな格好だった。

足はオーバーニーソで覆われていて、きゅっと引き締まったラインを強調している。

ここまではいいのだけれど……スカートがとても短く、腿《もも》の絶対領域がまぶしい。

さらに、おへそや二の腕も露出しており、ドキドキしてしまう。

とくに胸の部分なんて、ほとんどブラだけといった感じで、その大きな胸や谷間に目を奪われてしまうのだった。

フリルなどがついているからとても可愛いけれど……メイド服風の下着だと言われれば、そっちのほうが納得してしまうくらいだ。

リベレさんはクールな印象だけど、やっぱり、こっちの世界の女性なんだよなぁ……。

僕はついつい、邪《よこしま》な想像をしてしまうのだった。

それに、お世話係だとか、僕付きのメイドさんだとかいうフレーズにも、いろいろな想像をかき立てられてしまう。

「なんでもお言いつけくださいね」

冷静な声色ながら、そんなふうに言われてしまうと……僕は期待してしまうのだった。

●

と、そんなえっちな期待をしていた僕だったが……。

リベレさんと過ごすようになって数日。

彼女は僕が望む以上にしっかりとお世話をしてくれて、生活はとても快適になっていた。

しかし、僕が抱いていた期待については、どうやらなにも起こらないようだった。

女性の性欲がとても強い世界だといっても、彼女は真面目そうな印象どおり、そういった部分でもクールなのかもしれない。あるいは、職務に忠実、ということなのだろうか。

バレーナさんの話だと、僕のほうが切り出せばリベレさんも応えてくれるらしい。

やはり、えっちなこと込みのお世話係という話ではあるようだけれど……。

リベレさんからぐいぐい押してくることは、ないみたいだった。

僕としても元々女性経験なんてなかったし、ましてそういったお世話を頼んだことなんてないわけで……。

自分から言うのは、なかなか難しいのだった。

お付きのメイドさんと聞いたときはいろいろ期待したものの、まあそれは勝手な妄想だったというわけだ。

「おはようございます、アキノリ様」

朝になると、リベレさんが優しく起こしてくれる。

綺麗な女性に起こしてもらうと、すごく目覚めがよい。

「おはようございます」

僕が答えると、彼女はカーテンを開け、日光を取り込んでくれる。

「うっ……」

目覚めには少しまぶしすぎるくらいだが、そのおかげで脳も起動してくる。

「お着替え、用意させていただきました」

「うん、ありがとうございます」

身を起こすと、彼女から服を受け取る。

バレーナさんが用意してくれて、今では僕も、普通に男性の服を着て過ごせるようになっていた。

もちろん男性用は、彼女たちに比べれば露出の少ない、僕の感覚からいっても普通の服だ。

こちらの世界の男性は、貞淑なのだろう。消極的だということもあって、格好もおとなしいものが主流ということだった。

「では、お着替えが終わったら、お声がけください」

そう言って一礼すると、リベレさんは部屋を出た。

こんなときお約束だと、着替えの手伝いなどもありそうなものだけれど、こちらの世界では「男が女性に肌を見せるなんて……」みたいな空気らしく、メイドといえど部屋を出て、肌を見ないようにしているんだそうだ。

うーん。僕からすれば、別に気にしなくてもいいようなことだけれど。

むしろ、着替えのたびにいちいち部屋から追い出すかたちになっているほうが、気になってしまうんだよなぁ。

そんなこんなで着替え終わると、準備をして食堂へと向かう。

彼女は最初の印象通り、クールで仕事のできるメイドさんだった。僕のことを気にかけてくれているのもわかる。なんとか進展したいけど……。

そんなことを感じながらも、この屋敷での生活は安定していくのだった。

●

逆転異世界での暮らしにも慣れたある日。

リベレさんにお世話されつつ、ずっと室内で動かないのもよくないということで、僕は庭で運動をしていた。

この屋敷にも慣れ始め、護衛であるリベレさんと一緒ならもう、街へ出てもいいかもという話にはなっている。だが生活に不自由はないし、別に出かける用事もないかな、とも思っていた。

ともあれ、運動自体は必要なので、庭で軽く動きまわる。

僕には魔王を倒せるくらいの戦闘能力があるけれど、それは主に、魔法による身体強化によるものだ。なのでそれさえセーブしておけば、化け物じみた動きをしてしまうことはない。

一応、危機が迫るとオートでも発動するので、いざ襲われたときは「剣で切りつけられたのに無傷、それどころか相手の剣が折れる」みたいなことが起こってしまう可能性は大いにあるのだけれど、まあそれはそれ。

僕は庭で適度に運動をしていたのだけれど……その最中、他のメイドさんたちや、屋敷に出入りしている女性たちの視線を受けていたのだった。

運動中だからなのか……なんだかいつも以上に熱い視線を感じていた。

その視線は性欲混じりとはいえ、好意的なものなので不快ではない。

ただ、なんというか、こそばゆくて落ち着かない感じだ。そんな視線を受けながら、一通りの運動をしたのだった。

終わったらシャワーを浴び、そのまま部屋に戻る間も、メイドさんたちがこちらへと視線を向けていた。

僕としても当然、露出多めな美女たちに注目されていたら、そちらが気になってしまう。

そんなふうに気を散らしていたせいか、躓《つまず》いてしまった。

「うわっ」

完全によそ見をしていたため、身体が傾いてしまう。

その瞬間に身体強化のスイッチが入り……時間がスローに感じられはじめた。

これが、魔法による効果なのだ。

この状態でならすぐにでも足を踏み出して、倒れ込むのを回避することは可能だった。

けれどその一瞬で、リベレさんが僕を支えようと動いているのもわかった。

この場合はたぶん……下手に彼女を避けるよりも、このまま任せてしまったほうが、かえってお互いに安全だろう。

リベレさんの反応は、素晴らしかった。これなら、僕を支えられる速度とタイミングで飛び出した彼女を、信じたほうがいい。

まあ実を言えば、せっかくだし彼女の胸に飛び込みたい、というような邪心があることも否定はしないけれど。

そんなわけで、僕は躓いた勢いを少しだけ殺すくらいにして、リベレさんへと倒れ込んだ。

そのタイミングで戦闘モードを解くと、時間の流れは元に戻る。

僕は見事に、リベレさんに抱き留められた。

むにゅんっと柔らかなおっぱいが、クッションのように僕を受け止めてくれる。

そしてぎゅっと抱きかかえられたので、彼女の甘やかな香りを感じた。

反射的に、僕も彼女を抱き返してしまう。

「大丈夫ですか、アキノリ様」

「うん。ありがとう、リベレさん」

「いえ……」

僕は抱きつき、おっぱいの柔らかさを感じたまま返事をした。

そんな僕を、リベレさんがちゃんと立たせてくれる。

「ご、ご無事で何よりです……」

そう言った彼女は、僕から離れると顔を背けてしまう。

「お、お怪我はありませんか？」

「うん。おかげでなんともないよ。リベレさんは大丈夫？」

彼女の横顔は赤くなっている。

「はい、私も問題ありません」

「リベレさん」

僕は彼女の正面に回り、ややうつむき気味のその顔を覗きこんだ。

「あっ……♥」

僕が見つめると、さらに顔を赤くした。

「あ、あのっ……そんなふうにじっと、女性を見てはいません。そ、その……破壊力が高すぎます……」

普段は冷静なリベレさんが慌てる姿は、とてもかわいらしい。

その姿にきゅんとしてしまう。

「た、ただでさえ、その……お守りするためとはいえ、抱きついてしまって……」

そう言ってもじもじとするリベレさん。

いつもはクールで、僕の世話をしているときも落ち着いているし、着替えのときも冷静に部屋を出ている彼女が、こんなふうになるなんて。

いや、これまでだってきっと、この世界の女性らしい性欲を押さえていたのだろう。

抱き合ったことで、それが噴き出してしまったのだ。

そんな彼女を見ていると……僕のほうも、我慢できなくなりそうだった。

「リベレさん」

「は、はいっ……」

僕は彼女としっかり向き合った。

「もっとすごいこと、しませんか？」

「す、すごいこと……」

僕の提案に、彼女はいっそうもじもじとした。

そしてちらり、と僕の股間へと視線を移す。

「はい。リベレさんのしたいことがあればなんでも」

「そ、そんなことを言ってはいけません……男性にそんなふうに言われたら、私……んっ……」

彼女は小さくつばを飲んだ。

誘惑に負けそうだ。しかし側付《そばづ》きだからこそ、しっかりと自分を律しなければ……そんな葛藤がわかる。

それでも強い性欲は漏れ出し、彼女が発情しているのがわかった。

我慢する必要なんてないと伝えたい気持ちと、僕自身もそんなかわいい彼女に惹かれてしまうという気持ち。

どちらにせよ、することは一緒だった。

「かわいいリベレさんを見ていたら、僕も興奮しちゃいます」

「あぁ……アキノリ様っ……♥」

彼女もとうとう、その気になってしまったようだった。

思い切ってリベレさんを、部屋へと連れていく。

「リベレさん、ほら……」

「あっ、ダメです、そんな……♥」

僕は彼女の服へと手をかけた。

リベレさんは言葉だけ少し抵抗を見せるものの、その顔はもう、すっかりと期待でとろけていた。

僕はそんな彼女の服を脱がせていった。

「あっ♥」

ぷるんっと揺れながら、白いおっぱいが現れる。

「リベレさん、すっかり期待しちゃってるじゃないですか」

「あぁ、そんなこと、言ってはダメですっ……！」

彼女のたわわなおっぱい。その頂点では、乳首がしっかりと立っていた。

ペニスほどわかりやすくはないものの、隠しようのない興奮の証だ。

その貪欲な乳首を、軽くいじっていった。

「あぁっ♥　ん、はぁ……アキノリ様、あぁ……」

「リベレさんも、好きにしていいんですよ……」

そう言いながら、僕は乳首といっしょに、大きなおっぱいを揉んでいった。

「あぁ、殿方がそんなこと、んぁ、あうっ……♥　えっちすぎます……あっ、ん、はぁっ、んぅっ、あんっ♥」

「いやですか？」

彼女は気持ちよさそうにしながら、恥ずかしがってもいるようだった。

おっぱいに触りながら尋ねると、真面目なメイドさんは羞恥に頬を染めながら、首を横に振った。

「いやではないです……むしろ、あっ♥　ん、ふぅっ……すっごく興奮して、あぁっ♥　おかしくなってしまいそうです……♥」

そう口にするリベレさんは、とてもかわいらしい。

僕はそんな彼女の胸をさらに責めていった。

「あぁっ♥　ん。はぁ、そんなに、あんっ♥　おっぱいいじられたら、あっ♥　私、ん、はぁっ、あうっ……！」

声を上げながら身もだえるリベレさん。

「あぁっ♥　だめ、ですっ、んっ。おっぱい、いじられるだけで、イっちゃいますっ……♥　あっ、ん、ふぅっ……」

「いいんですよ、好きなときにイって」

「あぁっ♥　や、ん、あぁっ。アキノリ様、そんなこと、あっ♥　ん、はぁっ……！」

彼女は快感に身もだえながら、僕を見上げた。

「んぁ、あっ♥　だめぇっ……本当に、あっ、はしたない姿で、あっ♥　イっちゃいますから、あぁっ……！」

どこまでもかわいらしい姿と、柔らかなおっぱい。僕も止まれるはずがなかった。

「あぁっ♥　んぁ、あっ、だめっ……！　イクッ！　あっあっ♥　もう、んぁ、はぁっ、イクッ、んはああぁぁっ♥」

びくんと身体を跳ねさせながら、リベレさんが絶頂を迎えた。

なまめかしい吐息を吐いているが、性欲の強いこの世界の女性のことだ。

一度イったくらいで、その興奮は収まらないだろう。

「あぁっ♥　アキノリ様、私、あっ♥　ん、はぁ……♥」

「あぅっ……気持ちよくて、あっ、ふぅっ……私、自分が抑えられなくなってしまいそうです♥」

「抑えなくていいんですよ。リベレさんはどうしたいんですか？」

僕が尋ねると、彼女はうっとりとしながら言った。

「あぁ……もう、アキノリ様が悪いんですから……！」

そう言いながら、彼女は僕へと詰め寄ってきた。

「アキノリ様も、ん、服を脱いでください……」

残っていた自分の服をすべて脱ぎながら、彼女が言った。

「下も、全部です……おちんちん、隠さずに、んっ……私に、見せてください♥」

「うん……」

言われるまま、僕も服を脱いでいく。

そうして、すでにそそり勃っていた肉棒を彼女の前にさらしてしまった。

「あっ……んっ……♥　こ、これが、殿方のおちんちん……？　アキノリ様の、すごく立派で、こんな……」

彼女はつばを飲んで、まじまじと僕のチンポを見つめた。

そんなに熱心に見られると、さすがに恥ずかしくなってしまう。

「こんな大きなモノを隠し持っているなんて……アキノリ様は、お顔に似合わず、ドスケベなのですね……♥」

セクハラじみたことを言いながら、リベレさんが僕の肉棒をうっとりと眺める。

「はぁ……はぁ……♥　すごいかたち……♥」

「見ているだけでいいんですか？」

僕が尋ねると、彼女が驚いたようにこちらを見た。

そしてこちらへと手を伸ばしてくる。

「そ、そんなこと言われたら……触ってしまいますよ……」

そう言いながら、僕が逃げようと思えば逃げられるくらいにゆっくりと、手を近づけてきた。

僕は当然、逃げたりなんかしない。

けれどそんなリベレさんが愛おしく、ちょっとした悪戯心が湧き上がってしまった。

だから肉棒に力を入れて、くいっと上に上げる。

「ひゃうっ！　い、いま、おちんぽ、ぴくんって跳ねました……」

驚いた様子のリベレさんはとてもかわいい。思わず、笑みを浮かべてしまう。

そんな僕を見て、彼女はからかわれたのに気づいたようだった。

「も、もうっ……！　アキノリ様っ！」

そう言いながら、彼女はきゅっと肉棒を握ってきた。

「あぁ……♥　殿方の、おちんぽ……♥　これ、すごく熱くて、硬い……アキノリ様、興奮されているんですよね……」

「うん。リベレさんが、かわいいから」

「かわっ……ん、そ、そんなことを、気安く言ってはダメですっ……。そんなふうに言われたら、あっ、んんっ……」

彼女のはもじもじと足を擦り合わせるようにした。

すっかり興奮していて、そこに刺激が欲しいのだろう。

「お、男の人のおちんちん……こ、これを……んっ……♥」

そしてそのまま、チンポに顔を近づけてきた。

「あぁ……♥　これが殿方の、アキノリ様の匂い……♥　ん、すごくえっちで、あぁ……ん、私、うぅっ……」

彼女はそう言いながら、小さく手を動かしてくる。

「この、硬いのをしごくと……殿方は気持ちいいんですよね？」

「うん、そうだよ……」

「アキノリ様……♥」

彼女はうっとりと言いながら、手を動かしてくる。

「あぁ、ん、すごい……これがおちんぽ……♥」

そう言って熱い視線で眺めながら、指を動かし続ける。

このまましばらくは、リベレさんの手コキ奉仕を受けているのも悪くないな……。

そんなふうに思っていると、彼女は僕を見上げた。

「アキノリ様は、無防備でえっちすぎます……！　今だって、こんなガチガチおちんぽを私の目の前に堂々と差し出して……♥」

確かに、こっちの世界基準で見ると、僕はかなりビッチなのかもしれない。

でも、そんな僕をリベレさんも喜んでくれているようだった。

「魅力的なのに無防備でいたら……大変な目に遭ってしまうんですよ……。もう私、自分を抑えきれません……」

そんなふうに言うリベレさんに、僕はうなずいた。

「抑えなくていいんです、僕にできることなら……」

そう言うと、彼女がもう片方の手も、肉棒へと伸してきた。

「あぁ♥　またそんなかわいいことを言って……アキノリ様が悪いんですっ……。こういうこと、されてしまうんですよ」

「おぉ……」

彼女は両手で肉棒を握り、しごいてきた。

「ほら、どうですか……ん、立派に育ったえっちなおちんちんっ……♥　ん、しょっ……こうやって、女の両手でしごかれてしまうんですっ……」

「あぁ……リベレさんっ……」

「すごいですっ……♥　両手で握れるなんて、こんな巨大おちんぽ……♥　ひくひくしながら誘ってきて……えいっ」

彼女はしこしこと肉棒をしごいてくる。

射精を促すように、根元から敏感な先端までを、彼女の手が刺激してきた。

「ほら、どうですか……んっ……女におちんぽを好きにされて、んっ♥　感じちゃってるんですか？」

そう言いながら手コキを続けるリベレさん。

「うん……そんなにしごかれると、僕、出しちゃいそうだ……」

正直に答えると、彼女の目の色が変わった。

「ま、またそんな嬉しいことを言って……あぁ……もうダメです……♥　アキノリ様がイクところ……おちんぽから、精液ぴゅっぴゅっするところ、見せてくださいっ！」

「あぁ……もちろん！」

彼女の手がさらに激しく動いて、精液を搾り取りにきていた。

初めてだということもあり、単純な技術としては上手いわけではないけれど、女の子のしなやかな手に擦られるのは、それだけで充分に気持ちがいい。

「ん、しょっ……しこしこしこしこっ♥」

それに、普段はクールなリベレさんが、僕のチンポに興奮して一生懸命しごいている姿もドスケベで最高だ。

「ほらっ♥ あっ、先っぽからえっちなお汁があふれて、んっ……鈴口、ぴくぴくしてますっ♥ これ、イキそうなんですよね？ ほらほらっ♥ あっ、ん、ふぅっ……出しちゃってください、ぴゅっぴゅっ、ぴゅーって♥」

「あぁ、そうされると……出ちゃうっ！」

びゅるっ、びゅびゅびゅっ！

僕は彼女の手コキで射精した。

「あぁっ♥ す、すごいですっ！ 白いの、びゅっびゅって出てます……♥」

飛び出した精液が、彼女の顔までを白く汚していく。

リベレさんは嬉しそうに精液を受け止め、僕を見つめた。

「こんなにたくさん……♥ アキノリ様は、本当にえっちで最高です……♥」

そう言った彼女は僕の精液を指で掬い取ると、いじっていく。

「あぁ……どろっどろでぷりぷりの精液……こんなのを出すなんて、アキノリ様……あぁ……私、んっ……」

そして彼女は、僕の精液がついた手で、自らのアソコをいじろうとする。

「あぁ、こんなこと、んっ……変態ですっ……でも、あうっ……んっ♥」

もうすっかり濡れていたらしいおまんこが、くちゅりと音を立てた。

「あっ♥　アキノリ様、見てくださいっ……アキノリ様の精液が、私のおまんこにっ……あっ、ん、ふぅっ……」

彼女はくちゅくちゅと、自らの秘裂をいじっている。

「あぁっ……ん、はぁっ……こんなの、恥ずかしくて、はしたないのにっ……アキノリ様に見られているとと興奮してしまって、あぁ……♥」

リベレさんのオナニー姿……。

それはものすごくえっちであり、もっと見ていたいものだけれど……同時に興奮しすぎて生殺し状態だ。以前お僕なら、そんなドスケベオナニー姿をしっかりと目に焼き付けて、自分もオナニーしていたかもしれない。

けれど今の僕はもう、その濡れ濡れなおまんこを前に、我慢することなんて出来なかった。

「リベレさんっ！」

「あぁっ♥」

僕は耐えきれず、彼女を押し倒した。

仰向けになったリベレさんが、僕を見上げる。

「あ、アキノリ、様、ごめんなさいっ。私、ついはたしない姿を……と、殿方に見せつけながらオナニーしてしまうなんて、あぁ……」

「そうですよ……そんな生殺しみたいなこと、ひどいですっ……リベレさんこそ、そんなえっちな姿を見せたら……」

僕は硬く勃起したままの肉竿を、欲しがりなおまんこへと当てがった。

「こうやって襲われて、挿れられちゃうんですよ」

僕が言うと、彼女はまた驚いたような表情になった。

「あぁ……そんな、い、挿れてくださるんですか……？　アキノリ様、そんなことまで、あっ♥　挿れて、挿れてくださいっ……♥」

そう懇願するリベレさんは、興奮丸出しですごくえっちだ。

僕はそのお願いを聞いて、腰を押し進めた。

「あぁっ♥　す、すごいですっ……！　んぁ、おちんぽ、本当に、あっ、入る、あぁっ、はいっちゃいますっ……！」

僕の剛直が、その膣襞《ちつひだ》をかき分けていった。

「あぁっ♥　硬いの、私の中に、あぁっ、すごい、あうっ、んはぁっ♥」

そのおまんこがしっかりと肉棒を受け入れ、包み込んでくる。

「あふっ、ん、あぁ……♥　すごい、んぁ、太いの、私の中に入ってますっ♥」

彼女は感動したようにそう報告してくる。

「うん……リベレさんのおまんこが、僕のモノを咥えこんでます」

「あぁ、そんなえっちなこと、言ってはだめですっ……♥」

彼女の膣襞が反応して、きゅっと肉棒を締めつけた。

僕はうねる膣内の抱擁を受けながら、リベレさんを見る。

「んぁ、あっ、んんっ……♥」

彼女はすでに感じているらしく、膣内も愛液で潤っている。

僕はゆっくりと、初めて開通したおまんこで腰を動かし始めた。

「あっ……♥　ん、はぁ、んぁっ……！」

「う、あぁ……すごい締めつけですね……」

「んあぁっ♥　あっ、アキノリ様ぁ♥　んぁっ……！」

僕が腰を振っていくと、リベレさんはかわいらしい声をあげていく。

「あぁっ、そんな、んぅっ……殿方が腰を振って、あぁっ……！」

いつもはクールなリベレさんが、赤い顔で恥ずかしそうに感じている姿は、とてもかわいくてえっちだ。僕はそんな彼女を見ながら、ますます興奮していく。

「んぅっ♥　あっ、アキノリ様、あっ♥」

彼女はすっかり蕩け切ったた顔で、僕を見つめていた。

「あぁっ♥　ん、はぁっ、あん、あっ♥」

きゅっとシーツを握る彼女の、かわいくもエッチな感じ顔。

それを見ながら、ピストンを繰り返す。

「あんっ♥　あっ、ん、ふぅっ……アキノリ様っ……♥　あっ、んぁ、私、あうっ、おちんぽに突かれて、イキそうですっ♥」

「ああ、いいよ、イって」

ピストンの速度を速めながら言った。

「あぁっ♥　ん、はぁっ、あんあんっ♥　あっ、イク！　んぁ、ああっ、ん、はぁぁぁ、んくううぅぅぅっ！」

身体にぎゅっと力を込めながら、彼女が絶頂した。しかし構わず突き続ける。

「あっ♥　ん、はぁっ、イってるおまんこズブズブされると、んぁ、私、あうっ、あんっ♥　んはぁっ……♥」

イキながらもずっと、抽送を受けて感じているリベレさん。

膣襞がうねり、肉棒をぎゅうぎゅう締めつけてくる。

「う、僕もそろそろイキそうです……」

そう言うと、彼女はさらに反応をよくした。

「あっ♥　ん、はぁっ……そんなこと言われながら、あっ♥　突かれたら、感じすぎて、んぁ、あっ、あぁっ……！」

彼女の興奮に合わせて蠕動する膣襞。

僕はそのいちばん奥まで、ズンズンと腰を動かしていく。

「あんっ♥　あっあっ♥　またイクッ！　アキノリ様の立派なおちんぽに突かれて、あっ、んはぁあっ♥」

「あぁ、出ますっ！」

どぷっ、びゅくっ、びゅくんっ！

僕はそのまま、リベレさんの中で果てた。

「んはぁあぁっ♥　あっ、あぁっ！　すごい、熱いの、中でびゅくびゅくっ♥　ん、ああ、んくぅうぅっ……！」

中出しを受けて、リベレさんがさらに身体を跳ねさせた。

「あっ……♥　ん、はぁ……」

連続でイったためか、彼女はそのまますぐに脱力していった。

「あふっ……ん、う……♥」

うっとりとした顔のまま放心しているリベレさん。やっと彼女と結ばれることができた。

満足感と共に見つめながら、僕は肉棒を引き抜き、一息つくのだった。

●

今日はリベレさんに付いてもらい、街へと出ることになった。

しばらくは護衛としてリベレさんに付いてきてもらう予定だが、ゆくゆくはひとりで出歩けるようにならないとね。

こちらの世界の男性と違い……というよりも、もっと過酷な世界でチート級の力を身に着けて魔王まで倒した僕としては、力尽くなら今でもどうにでもなるのだけれど。

こちらの常識や感覚を把握すれば、暴力に頼らずとも、トラブルを回避できるようになるだろう。

それでこそ、この世界になじんだということになるのではないだろうか。

ここはわりと、平和な世界だし、問題はないと思う。

それに平和なせいか、こちらの世界のほうが、前にいた世界よりも発展している。

まず、町並みが違う。石やレンガをおしゃれに組み合わせたりして、色彩にも満ちている。

ただただ防衛として効率的に、地味に実用的に作られただけの街とは違って余裕があった。

そんな街中を、リベレさんと並んで歩いていく。

しかし……予想どおりのことにもなっていた。

街に出ると、屋敷の中以上に僕への視線が強い……。

その視線が含む性的な色や、ぶしつけな好奇心も格段に増している。

屋敷のメイドさんたちも僕に注目してはいたけれど、それがとても上品で控えめなものだったのが、よくわかった。

まあ、考えてみればそうかもしれない。

彼女たちは、この街を治める貴族であるバレーナさんのところにいるメイドさんなわけで。

雇われる段階である程度は選ばれた人材なのだろうし、僕を見ているのも仕事中だ。

けれど、街中では違う。

より直接的でギラついた視線が、僕にまとわりついてくるのだった。

うーん、さすがにここまで来ると、やっぱりなかなかに落ち着かないな……。

「大丈夫ですか？」

「うん、ありがとうございます」

そんな僕に近づこうとする人もちょくちょくいるのだけれど、それらはリベレさんが牽制し、僕を守ってくれていた。

その後も街を軽く見て回ったのだけれど、やっぱりひとりで出歩くのはまだまだ遠そうだ。

ただ、あらためてこの世界の平和さや、街の華やかさを見て回れたのはよかった。

前の世界とは違うんだ。

自分に向けられる視線も含めて、それを実感できた。

●

その後も、屋敷でのエロエロな生活は続いていた。

顔を合わせる機会も増え、僕自身に余裕が出てきたこともあり、他のメイドさんたちとも、えっちしたりいちゃいちゃしたりしていた。

数少ない男性の多くは中央へと連れていかれ……性欲は強いのに相手がいない、という状態が続いているためか、彼女たちは誰もが積極的だった。

僕としても、そうして迫って来られるのは嫌ではない。

美女たちにえっちなお誘いを受けて、嬉しくない男はいないだろう。

特に僕みたいな、元々消極的なタイプにとってはありがたいことだった。

僕のようにえっちなことに積極的な態度も、こちらの世界の男性ではまずないことらしい。

さらには精力に関しても、こちら基準では十分すぎるほどある。

そんなわけで、いろんな人の相手をしていたのだった。

リベレさんについてきてもらい、頻繁に街へも出ている。

街中での視線にも、ある程度は慣れてきたと思う。

最初は皆が見てくることにおどろいたけれど、回数を重ねると落ち着いてくる。

そんな、ある意味とても楽しい暮らしを送っていると……。

今日の夜も、バレーナさんが僕の部屋を訪れたのだった。

もちろん、えっちなことをするためだ。

バレーナさんと入れ違いで、リベレさんが部屋を出ていこうとする。

「あの、今日は三人でしてみませんか？」

僕が言うと、ふたりは驚いたような顔でこちらを見た。

「さ、三人で？　アキノリくん、大丈夫なの？」

「わたしたちの性欲は、アキノリ様もよくわかっていると思いますが……」

彼女たちは、そんなふうに僕を心配してくれる。

けれどその顔には、そわそわとした期待が見てとれた。

「僕自身も、こっちに来てから、体力が増している気がしますし」

毎日美女とえっちばかりしていたためか、身体が活性化し、精力が上がっていた。

今の僕なら、ふたり一緒でも、気持ちよくさせることもできるだろう。

それに、普段とは違った感じというのは楽しそうだし……美女との複数プレイは、男として憧れるところだ。

ここでならそれを女性にも喜んでもらえるし、お互いに良いことばかりだ。

「そうね。たしかに、アキノリくん、どんどんすごくなってるかも♪」

「そういうことなら、ご奉仕させていただきますね……♥」

そう言って、彼女たちが俺へと近づいてきた。

そして両側から、俺を挟み込んでくる。

「それでは早速……」

リベレさんが僕のズボンに手をかけて、下ろしてきた。

その様子を、すぐ隣でバレーナさんが見ている。

僕のズボンはすぐに下着ごと下ろされてしまい、ふたりの目の前に肉竿があらわになった。

「さすがに、まだおとなしいですね」

「でも、すぐに逞しい姿になるのよね」

美女ふたりにまじまじと見られるのは、少し恥ずかしい。

そんなことを考えている内に、彼女たちが肉竿へと迫ってくる。

「アキノリくんのおちんぽ、いただいちゃうわね。あーむっ♪」

「うわっ……」

バレーナさんは口をあけると、僕の肉竿をぱくりと咥えた。

ペニスが温かな口内に包み込まれる。

「ん、ちゅぱっ……んうっ……」

バレーナさんが肉竿を、舌で弄《もてあそ》んでくる。

「れろっ、ちゅぷっ……れろれろれろっ……」

口にすっかり収めた肉棒を、舌先でちろちろといじられた。

「あぁ、そんなふうにされたら……！」

彼女のなかで、肉棒に血が集まっていく。

「あんっ……♥　お口で大きくなってきてるわ……ちゅぷっ、れろっ」

「う、あぁ……」

舌が裏筋部分を刺激し、その成長を促してくる。

「あぁ……」

「あむっ、ちゅぷっ……おちんぽ♥　すっかり大きくなって、お口に収まりきらなくなっちゃうわね……♥」

そう言って、一度肉棒から口を離すバレーナさん。

彼女の唾液でテラテラと光る肉棒が、そそり勃っている。

「アキノリ様、ご立派です……ちゅっ♥」

「う、リベレさんっ……」

勃起竿を見たリベレさんが、その先端にキスをしてきた。

「こんなにエロく、ガチガチのおちんぽ見せられたら、もっとしゃぶりたくなっちゃうわね……れろっ、ちゅぷっ……」

「私も、失礼しますね。れろぉ♥ ぺろっ……」

「ふたりとも、あぁ……」

彼女たちが左右から、ペロペロと肉棒を舐めてきた。

「れろっ、ぺろっ……」

「ちろっ……ぺろろっ……」

ふたりの舌が肉竿を満遍なく舐めてくる。

「れろっ、ちろっ……」

「ちゅっ♥ ぺろっ」

「あむっ、れろっ……」

「ちゅぷっ……んっ♥ 気持ちいい？」

「はい、すごく、うっ……」

ふたりはチロチロと舌を伸ばし、肉棒を競うように舐めてくる。

「ぺろっ……ちゅっ♥　ふふっ、おちんちん、ぴくんって反応してかわいいわね」

バレーナさんが妖艶な笑みを浮かべながら、僕を見上げる。

「れろろっ……ちゅぱっ♥」

リベレさんも僕の様子を確認しながら、どんどん舐めてくる。

美女ふたりが勃起した肉棒に顔を寄せて、舌を這わせている。

その光景はとてもエロく、僕を興奮させていった。

「あむっ、れろっ、ちろっ……ちゅぷっ……」

「れろろっ、ぺろっ……舌先で、おちんぽの先っぽを……いっぱいなめ回して、ん、レロレロレロレロロレロレロッ♥」

「あぁ、それ、うぁ……」

リベレさんの舌が亀頭をローリングするようになめ回した。

その刺激に、思わず声をもらしてしまう。

「アキノリくん、気持ちよさそう♪　それなら、わたしはおちんぽの根元のほうを……あもっ。ちゅぷっ、ちゅぽっ！」

バレーナさんは根元のほうを横向きに咥えると、そのまま顔を動かす。

「んむっ、じゅぱっ、じゅぼっ……」

「あぁ……」

彼女が頭を動かすごとに、根元がしごかれていった。

「れろろろっ、ちゅぷっ、んっ」

「じゅぶぶっ……ちゅぶっ、ちゅぱっ」

ふたり分のフェラ奉仕で、肉棒を射精に向けて高めていく。

「あむっ、ん、気持ちいい？」

「はい、すごく、あぁっ……」

「もっと頑張りますね。舌を細かく、ちろろろろろっ」

「うぁ……」

チンポを舐め回されて、たまらない気持ちよさが湧き上がってきた。

「あぅ、そんなにされたら、もうでちゃいます……」

「いいわ、このままだして……ね、リベレ」

「はい……私のお口で、アキノリ様のザーメン、受け止めさせていただきます。れろろろっ、さきっぽを、ちろっ！」

「あぁ、そこは、うっ……」

リベレさんの舌が、鈴口を刺激してくる。

「あむっ、れろっ、ちろっ……ちゅっ♥」

それにあわせて、バレーナさんは肉竿の根元をしごき、射精を促してくる。

「あぅ、もう、出ちゃいます……」

「じゅぶっ、ん、はぁっ……我慢汁も、濃くなってきてますね♥　あむっ、じゅぶっ。れろっ、ちゆぷっ、ん、れろぉ♥」

リベレさんが肉棒に吸いつき、そのままバキュームしてきた。

「じゅぶぶっ！　じゅるっ、ちゅぼっ……んっ♥　じゅるっ、れろっ、ちゅぶっ、じゅるっ、じゅぼぼぼぼっ♥」

「あぁ……！」

びゅくっ、どびゅっ！

僕は綺麗なメイドさんの口内に思いきり射精した。

「んむっ♥　ん、ふぅっ……アキノリ様の、濃厚ザーメン♥　喉に絡みついて、んっ、んくっ、じゅるっ、こくっ！」

リベレさんはそのまま、僕の出したものを嬉しそうに飲んでくれた。

「ん、ごっくん♪」

そしてしっかりと飲みきると、笑みを浮かべる。その淫らな姿を見ながら、息をつく。

「ね、アキノリくん……まだまだここ、元気だよね？」

「私のここも、もう、おちんぽが欲しくて疼《うず》いてます……」

そう言って、彼女たちはますます僕に迫ってくる。

僕としても、もちろんこれだけで終わることなんてない。

ふたりが下着も脱ぎ、濡れたおまんこをこちらへと見せてくる。

「アキノリくん……」

美女ふたりからメスのフェロモンが香り、僕の肉棒もそれに反応して滾ったままだ。

「アキノリ様、んっ……」

そんな彼女たちが動き、お互いに身体を重ねた。

まずリベレさんが仰向きになり、その上にバレーナさんが覆い被さる形だ。

美女ふたりが抱き合う姿というのも、なかにそそるものがある。

ふたりともおっぱいが大きく、胸同士を押しつけあってむにゅりとかたちを変えているのも、すごくエロい。

後ろ側に回れば、ふたりの濡れ濡れおまんこがこちらを誘っているのだ。

僕はそんなふたりに魅了され、後から二つのおまんこの間へと肉棒を挿し入れていった。

「あんっ、あっ♥」

「んうぅっ……アキノリ様のおちんぽが、私のアソコを擦って、んっ……」

「うっ……ぬるぬるだ」

ふたりの恥丘に挟まれ、肉竿が刺激される。

膣内とは違う、ふにっとした平坦な刺激。

その中に、つんと主張するふたりの敏感な突起。

僕は角度を調節しながら、そのクリトリスを擦っていく。

「んはぁっ♥ あ、そこ、んうぅっ！」

「あぁっ！ ん、はぁっ、あうっ……」

刺激自体は、おまんこやフェラほどではないけれど、ふたりのおまんこを同時に刺激しているというシチュエーションは、とても興奮する。

「アキノリくん、あっ♥ ん、はぁっ……」

「あぅっ、ん、クリトリス、そんなに擦られたら、ん、はぁっ♥」

動くたびにふたりの嬌声が聞こえるのも、僕を昂ぶらせていった。

僕はそのまま、ふたりの美女のおまんこに肉棒を挟んで腰を振っていく。

「あぁっ♥ ん、はぁっ、あっ、だめぇっ……♥ ん、はぁっ、おちんぽで、クリトリス擦られて、あった、んっ……」

「あふっ、あぁ、アキノリ様の硬いおちんちんが、私の敏感なところを、あんっ♥ あっ、ん、はあっ、んあぁっ！」

彼女たちは嬌声をあげ、身もだえていく。

同時に身体が揺れ、むぎゅむぎゅと互いの媚肉を押しつけ合う。

そんなエロい姿を眺めながら、僕はさらに腰を振っていった。

「あぁっ♥ ん、挿れられてないのに、あっあっ♥ もうイっちゃいそうっ♥ ん、はぁっ、あぁっ……！」

「私も、あっ、クリトリスを擦られて、あっ♥ ん、イってしまいますっ……♥ あっ、ん、はぁっ、あぁっ！」

ふたりの嬌声が響き、おまんこからはどんどん、とろとろの愛液が流れてくる。

僕は、滑りのよくなったふたりの間を往復していった。

「んはぁっ♥　あっ、ああっ！　もう、んぁ、イクッ！　あっ、ん、はぁっ！」

「あうぅっ……！　んぁ、ダメですっ♥　あっ、ん、はぁっ！」

ふたりの声が大きく、高くなっていく。

僕はそんなふたりの陰裂を擦り、クリトリスを刺激していった。

「んはぁっ、あっあっ♥　もう、イクッ！　んぁ、あっ、あぁっ！　イクイクッ！　んはぁぁぁぁぁっ！」

「あぁっ！　私も、んぁ、イっちゃいますっ♥　ん、はぁ、ああ、あんっ♥　イクッ！　イクウゥウゥウッ！」

「う、あぁ……」

彼女たちはほとんど同じタイミングでイキ、その身体を跳ねさせる。

おまんこに挟まれていた肉棒がむぎゅっと刺激されて、とても気持ちがいい。

「あぁ、ん、はぁっ……♥」

「アキノリ様、ん、ふぅっ……」

ふたりも、一度イったくらいでは収まることなく、さらに僕を求めてくれる。

「あっ♥　ん、はぁっ……」

バレーナさんは腰をくねらせて、肉棒を刺激してきた。

そのえっちなおねだりに、僕も我慢できなくなってしまう。

「バレーナさん」

「アキノリくん、あっ♥」

僕はバレーナさんのむっちりとしたお尻をつかむと、そのまま膣口へと肉棒をあてがった。

「あぁっ♥　アキノリくん、んぁっ♥」

そして、その熱いおまんこへと挿入していく。

「あぁっ♥　太いの、入ってきたぁ……♥」

バレーナさんは嬉しそうな声をあげながら、肉棒を受け入れた。

うねる膣襞が肉棒をぎゅっと包み込んでくる。

その気持ちよさを感じながら、僕は腰を動かしていった。

「あっ♥　ん、はぁっ……あぅっ……」

バレーナさんがかわいい声をあげながら、僕のモノで感じてくれている。それが嬉しい。

「あぁっ♥　逞しいおちんぽ♥　わたしのなかに、ん、いっぱい、あぁっ♥」

僕はそのまま、彼女の中の変化を楽しんで往復していく。

「あっ♥　ん、はぁっ、あうっ、んぁっ！」

そして一度肉棒を引き抜くと、今度はその下で待っていた、リベレさんのおまんこに挿入した。

「んはぁあーっ♥　あっ、アキノリ様、いきなりそんな、んぁっ！　逞しいおちんぽで突かれたら、あぁっ♥」

突然の刺激にびくんと反応するリベレさん。

まだまだ狭いおまんこも、驚いたように肉棒を締めつけてくる。

「んはぁっ♥　あっ、ん、あぁっ！」

もうすっかりと濡れており、肉棒を喜んで迎える膣内。

その中に包まれ、僕は最初からハイペースで腰を振り抜いていく。

「あぁっ♥　ん、はぁっ！　あ、んはぁっ！」

リベレさんも嬌声をあげて感じていく。

「あふっ、ん、はぁっ！」

そしてある程度ピストンをすると、僕はまたバレーナさんのおまんこへと挿入していく。

「んひぃっ♥　あ、あぁっ！　急にくるの、ずるいわ……♥　じらされた分気持ちよくて、あっ♥」

それだけでイっちゃいそうっ……！」

バレーナさんが言うのにあわせて、膣襞《ちつひだ》も絡みついてくる。

「んはぁっ♥　あっ、ん、ああっ！」

「あんっ♥　あぁっ、ん、はぁっ！」

僕はふたりのおまんこを、代わる代わる味わっていく。

「あぁっ♥　ん、はぁっ♥　あうっ……んぁっ」

「あんあんっ♥　あっ、ん、はぁっ、んぅっ！」

彼女たちの嬌声が高鳴り、僕は興奮して腰を振っていく。

「んはぁっ♥　あっ、イクッ！　ん、あぁっ……やっぱり、おちんぽで突かれるの、すごいぃっ♥

あっ、ん、はぁっ……！」

「アキノリ様っ♥　んはぁっ、あっ、んぁっ……逞しいおちんぽで、私の中っ、あっ、ん、はぁっ、んはぁっ……！」

彼女たちの嬌声を聞きながら、ふたりのおまんこを突いていく。

「あぁっ♥　イクッ！　もう、あっ、ん、はぁっ……！　あっあっ♥　アキノリくん、わたしの中に、あぁっ、きてっ……！」

僕は絶頂が近いバレーナさんを集中して責めることにした。彼女の中で、大胆に腰を振っていく。

「んはぁっ！　あっ、イクッ！　んぁ、ああっ！」

膣襞が肉棒にしっかりと吸いついてきていた。

その気持ちよさを感じながら、バレーナさんのおまんこをかき回していく。

「あぁっ♥　んはぁ、あっ、ん、くぅっ♥　あっあっ♥　もう、イクッ！　あぁっ、イクイクッ！　んくうぅぅぅっ！」

「う、あぁっ……！」

彼女が絶頂し、おまんこがきゅっと締まる。それにあわせて、僕も射精した。

「あぁっ♥　すごい、んっ……イってるおまんこに、熱いの、びゅくびゅく出てるっ……♥　あっ、ん、はぁっ……♥」

中出しを受けて、バレーナさんは気持ちよさそうな声をあげる。

「あっ♥　ん、はぁ……」

そのまま快楽で脱力していくバレーナさんから、肉棒を引き抜いた。

そして今度はリベレさんのおまんこへと挿入し、再びピストンしていく。

「んはぁっ♥　あっ、アキノリ様、ん、ふぅっ……そんな……連続で出来るなんて」

「あぁ……まだまだいくよ」

こちらのおまんこでも、膣襞が快楽を求めて吸いついてくる。

「あぁっ♥　アキノリ様、ん、はぁっつ、ああっ♥」

リベレさんは気持ちよさそうに声をあげながら感じていく。

「んはぁっ♥　あっ、そんなに、勢いよくおまんこ突かれたら、んぁ、私、あぁっ♥　すぐにでもイってしまいますっ……♥」

途中までしていたのに、少し間が空いたことで、かえって敏感になっているのかもしれない。

僕はそんなリベレさんの敏感おまんこを、勢いよく突いていった。

「んはぁっ♥　あっあっ♥　ダメです、ん、はぁっ……！　あっ、ん、くぅっ！」

クールメイドであるリベレさんが僕のチンポで乱れていく。

「んはぁっ、あっ、あぁっ♥　イクッ！　んぁ、あうっ、ふぅ、ん、あぁっ……♥」

うねる膣襞をかき分けながら、往復していった。

「あぁっ♥　アキノリ様、んぁ、あっ、ああっ！　イクッ、んぁ、あぁっ♥　イクイクッ！　イッ
クウウゥゥゥッ！」

大きく声をあげ、リベレさんも絶頂する。

「あぁっ、ん、はぁっ……♥」

「う、すごい締めつけですね……」

その絶頂締めつけの気持ちよさに、雄の本能が精を放とうと盛り上がっていく。

僕はそのまま、激しく腰を振っていった。

「んはぁっ♥　あっ、イってるおまんこ、あっ♥　そんなに突かれたらあ、イクッ！　イキながら、あっ♥　イっちゃいますっ♥」

ビクビクと震えながら快楽に溺れていくリベレさん。

そのエロい姿のおまんこの締めつけに、僕も限界を迎える。

「あぁ……僕ももう、うっ、イキますっ！」

ラストスパートで腰を振り、おまんこを深く突いていく。

「んはぁっ♥　あっ♥　イクッ！　何度も、んぁ♥　あっあっ♥　イクイクッ！　んはぁ、んあああぁあぁあっ！」

「う、あぁ！」

どびゅっ、びゅくくっ、びゅくんっ！

僕はリベレさんの膣内でも、思いきり射精していった。

「あぁっ♥　アキノリ様の精液、私の中に、いっぱい出てますっ……♥」

彼女はうっとりと言いながら、僕の精液を受け止めていく。

「あぁ……♥　ん、ふぅっ……」

そしてしっかりと出し切ってから、僕は肉棒を引き抜いていった。

彼女たちも姿勢を変えて、ふたり並んでベッドへと横になる。

僕は呼吸を整えながら、そんな彼女たちを眺める。

すっかりと服がはだけ、エロい格好になっている美女ふたり。

そしてあらわになっているふたりのおまんこ。

エロく濡れているそこからは、僕が出した精液がこぼれ落ちている。

その姿は卑猥で、とてもそそるものだ。

こんなに美しい人たち、ふたり同時に抱いた満足感や特別感もあり、僕は満たされていた。

「アキノリくん……」

バレーナさんがそんな僕に声をかけてくる。

呼ばれるまま彼女に近づくと、そのままむぎゅっと抱きしめられてしまった。

行為後の火照った身体。

そして柔らかな胸に包み込まれる。

「アキノリ様……」

そんな僕の後ろから、リベレさんも抱きついてきた。

背中側にもおっぱいの柔らかな感触が伝わってくる。

僕はふたりに抱きしめられ、包みこまれながら、眠りに落ちていくのだった。

●

今日も僕はバレーナさんの屋敷で、のんびりとした暮らしを送っている。

こちらの世界では、人数が少なく貴重だということもあり、男性が働くということはほとんどないみたいだ。

特に貴族の屋敷にいる男性となれば、経済的に不安なわけでもないし、家事なども使用人がやってくれるため、本当にすることがない。

あえて言えば、やはり子作りのための中出しセックスということになるのだが、僕にとってはむしろご褒美だしね。

そんなわけで、リベレさんが部屋を整えてくれている間も、僕は座ったままそれを眺めているのだった。

それこそ、下手に手を出しても邪魔にしかならないしね……。

元々リベレさんは優秀だからこそ、貴重な男である僕の側付きになっているようだし。

邪魔なら部屋を出ていようと思ったこともあるのだけれど、リベレさんとしては僕に見られていたほうがやる気が出るらしい。

まあそれは見られると効率が上がる、みたいな話ではなく、単純に僕と同じ部屋にいたいということらしいけれど。

それに仕事自体は、むしろ僕の側付きになって余裕ができたらしいのだ。

僕は確かに、楽な主人なのだろう。あれこれおねだりすることも少ないし、無理難題を言ってくることもない。

精力もあって元気だということで、普通の男性より手間がかからなすぎるくらい……ということらしい。

欲の薄いこちらの世界の男性と違い、僕にとっては美女とセックスができる、というだけで幸せだしね。

殺伐とした世界から転移してきたせいか、平和だというだけで充分だった。これ以上、望むものなんて別にないのだ。

そんなわけで僕はくつろぎ、リベレさんもゆったりと部屋の掃除をしている。

その姿を、僕は満足して眺めていたのだった。

しかしこれは、なかなか……魅力的だな。

リベレさんは今、窓拭きの仕上げに入っていた。

台の上に乗って窓を拭いているのだが……。

この世界の女性はそもそも露出が高めであり、リベレさんも身につけているのはミニスカートだ。

ニーハイソックスなので、この世界の基準では露出が低いほうということになるのだろうけれど、まぶしい絶対領域が普段から僕を惑わしている。

そんな彼女が、台に乗って窓を拭くとどうなるか……。

ひらひらと揺れるスカートから、パンツが見えてしまうのだ。

白いニーハイソックスと対照的な、黒い下着。

丸いお尻をつつみ込んでいるそれが、ちらちらと見えてしまう。

「んっ……」

リベレさんはそんな僕の視線に気づいているのかどうか、窓を拭き続けていた。

その姿を見ていると、ムラムラとしてしまう。

さすがに、忙しいときならこんなことは思わないのだけれど、リベレさんも余裕があると言っていたし……。

さらに言えば、この世界においてセックスはとても大事なことだ。

最優先と言ってもいいくらいに。

あとは単純に、男の数がどうこうというのは置いておいても、女性の性欲が強くて気持ちいいことが好きっていうのも、あるだろう。みんな、どんな時でもすぐに応じてくれるのだ。

とそんな訳で僕は、リベレさんに近づいてみた。

「どうしましたか、アキノリ様」

「あ、そのままで」

振り向こうとした彼女に僕は言った。

「……？　はい、わかりました」

そう答えて、彼女は僕に背を向けたまま窓拭きを続ける。

ひらひらと揺れるスカートと、チラチラと見える黒の下着。

こうして眺めているだけでも滾《たぎ》ってしまうものがあるな。

「えっと……」

下着が見えること自体ももちろん素敵なのだが、それに加えて、メイドさんの無防備な姿を眺めているというのもそそる。

彼女はまだ、僕が欲望を募らせながらパンツをのぞき見ていることには気づいていないのだ。

こっちの世界だと、多分そういうことをしたら、気づいた時点で向こうから迫ってくるのだろうしね。

それはそれで、とても好きなのだけど。

そんなことを考えながら、リベレさんのパンチラを近くで眺める。

「あの、アキノリ様……」

彼女は僕が言った通りに、律儀に窓のほうを向いたまま声をかけてきた。

「やっぱり、気が散っちゃいます？」

「いえ、アキノリ様が私を見ていると思うとドキドキはしますが、そうではなく。窓拭きが終わってしまったのですが……」

「そうなんだ……」

僕はちょっと残念に思いながら尋ねる。

「次は何をするの？」

「アキノリ様のご希望がなければ、特に何も……」

「そうなんだ」

今度はちょっと嬉しくなってしまう。

それなら、このムラムラを持て余さなくてもいい、ということだ。

「リベレさん」

「きゃっ……あんっ♥　アキノリ様♥」

僕はそのまま、彼女に抱きついた。

といっても、彼女は台の上。普通に抱きつくと背中あたりになるのだが……僕は少し前のめりに、リベレさんのお尻へと抱きついた。

「急にどうしたのですか……？」

そう言う彼女の声に、色が混じり始める。

抱きつかれたことで、興奮し始めているみたいだ。

僕はそのまま、スカートの中へと頭を入れる。

「あっ♥　アキノリ様、そんな……」

「リベレさんが、窓を拭きながらお尻をフリフリして、パンチラで僕を誘うから、我慢できなくなっちゃった……」

「えっ……そんな……」

彼女は驚いたような声を上げる。

女の子のパンチラが男を誘うことになる……という発想がないのだろうか。

僕は彼女のパンツに顔を埋めていく。

「あんっ♥　男性がそんなこと、んっ……」

こっちの世界では、変わったことなのだろう。

僕からしてみればそんな欲望が募るのも当然、といったシチュエーションなのだけれど。

「そ、その、下着にお顔を埋めるだけで、満足なのですか……？」

リベレさんは、先を期待するように言った。

そんなかわいいことを言われたら……。

僕は滾るモノを、すぐにでもおまんこに挿れたくなってしまう。

けれど、せっかくだしもう少し楽しもう、と理性を呼び出した。

いや、理性なのかな……？　どっちも欲望な気もする。

まあいいか。

僕は一度お尻から離れて、彼女に言った。

「ね、リベレさん。そのままこっちを向いて、スカートをたくし上げてくれる？」

「承知しました」

彼女は素直に言うと、こちらへと向き直る。

そして両手でスカートをつまんで、たくし上げた。

「これでいいのでしょうか……？」

彼女はやや不思議そうに尋ねてくる。

「うん」

僕はうなずいて、たくし上げ状態のリベレさんを眺める。

黒い下着はレース状になっていて、大切なところは隠れているものの、下腹の部分は透けて肌色が見えてしまっている。

そのエロい下着をじっと眺めた。

「え、えっと……アキノリ様？　楽しいのですか？」

彼女は不思議そうに尋ねる。

確かに男女逆転という意味では、そういう感覚なのかもしれない。僕だって現代世界ではよく、トランクスのまま、家族の前でも動き回っていた。

もちろん僕としては、リベレさんの格好はエロくて魅力的だ。自分がどれだけエロい格好をしているかわかっていないというのも、なんだか背徳感があっていいな……。

そんなことを思いながら、たくし上げているリベレさんを眺める。

クールなメイドさんが、冷静なままでスカートをめくり、下着を見せてくれている状況。

その貴重な光景を、しっかりと目に焼きつけておく。

「あ、あの、アキノリ様……」

「どうしたの？」

しばらくそうしていると、彼女はおずおずと声をかけてきた。

「そ、そんなに熱心に見られると、その……」

彼女は少し顔を赤くしていた。

その姿がとてもかわいく、僕は思わず喉を鳴らしてしまう。

「なんだか、恥ずかしいです……へ、変なんですけど、んっ……」

「おぉ……！」

徐々に恥ずかしがるリベレさん。そのあまりのかわいさに、すぐに襲いたくなってしまう。

いや、もう我慢できないな。

「リベレさん！」

「はい、あっ♥」

僕は彼女の下着に手をかけた。

「脱がしますね」

「はい……♥」

僕はそのまま、彼女の下着を脱がせてしまう。

見られることに恥ずかしがり始めていた彼女は、さらに顔を赤くする。

するすると下着を脱がせてしまうと、リベレさんの割れ目が見えてしまう。

彼女は恥じらいながらも、たくし上げ状態のままだ。

僕はそこへ顔を近づけていき、彼女の割れ目を舐めあげた。

「ひゃうっ♥」

リベレさんはぴくんっとかわいく反応する。

「あっ、アキノリ様、そ、そんなところ、あっ……♥」

「れろっ……」

舌を大きく動かすと、リベレさんが小さく震える。

「あぁ、えっち過ぎます……♥　ん、男の子がそんな、おまんこをペロペロするなんて、あっ♥　ん、はぁっ……♥」

リベレさんはスイッチが入ったみたいで、息が荒くなっていく。

「そんなことをされたら、あんっ♥　ん、ふぅっ……」

僕はそんな彼女のおまんこを愛撫していく。

「あぁっ、ん、はぁっ……あ、アキノリ様、ん、ふぅっ……」

「どんどん濡れてきてますね……ぺろっ」

「あぁっ♥　と、当然です、んっ、アキノリ様に、ん、そんなところを舐められたら、あっ、ん、はあっ……」

リベレさんはそう言いながら、もじもじとする。

秘部を舐められている気持ちよさもあるのだろうけれど、愛撫されていること自体への羞恥からの昂ぶりもあるみたいだ。

僕はそんなリベレさんの様子を確認しつつ、舌を割れ目へと侵入させていく。

「あぁっ……♥　ん、アキノリ様の舌が、あっ♥　私のアソコに、ん、入って……あふっ、ん、あっ……！」

あふれる蜜を舐め取りながら、その内襞に舌を這わせていく。

「あんっ♥　あ、あぁ……そんな、中まで、ん、あぁ……ぺろぺろしちゃだめですぅっ……♥　私、あっ、んんっ……」

ぴくんと彼女の身体が動き、スカートが僕の頭に被さる。

スカートをまくり上げていた手が離れてしまったのだ。

そして少し腰を引くようにした彼女。

僕はお尻を押さえて逃げられないようにして、その花弁へと口を密着させる。

そして吸いつくようにしながら、舌を動かしていった。

「んはぁっ♥　あっ、だめ、だめですっ……♥　そんなの、あっあっ♥　イっちゃいます、ん、はぁっ……！」

彼女は気持ちよさそうに言いながら僕の頭に手を添える。

けれど先程とは違い、むしろ僕の顔におまんこを押しつけてきたのだった。

僕はそのまま舌を動かし、吸いついていく。

「んはぁっ♥　あっあっ♥　アキノリ様ぁ♥　んはぁっ！　んくぅっ、イクッ！　あっ、ん、イクウゥウゥウゥッ！」

びくびくんっと身体を揺らしながら、リベレさんが絶頂した。

愛液があふれ、僕の顔を濡らしていく。

「あっ♥　ん、はぁっ……」

彼女の身体から力が抜ける。

僕は口を離すと、そんな彼女を支えた。

「あぅっ……お口でイっちゃいました……♥　アキノリ様、んぁ、えっちすぎますっ……♥　うぅっ……んっ……」

リベレさんはうっとりと言って、台から降りる。

「急にこんなことするなんて……」

「嫌だった？」

僕がたずねると、リベレさんは首を横に振った。

「素敵すぎますっ……♥」

そして発情したメスの顔で僕を見つめる。

「だけど、こんなことされたら、おちんぽが欲しくなってしまいます……」

そう言いながら、僕の股間へと手を伸ばす。

「あっ♥　アキノリ様のおちんぽ♥　もうこんなに大きく、硬くなっているではないですか……♥すりすり」

「うっ……」

彼女の手が、ズボン越しに肉棒をなぞってくる。

パンチラやたくし上げ、そしてクンニとリベレさんのエロい姿を見て、欲望が我慢できなくなっている。

「アキノリ様は、本当にえっちな男の子ですね……♥」

リベレさんが嬉しそうに言った。

「ね、アキノリ様……この逞しいガチガチおちんぽ♥　私のぬれぬれおまんこにぶち込んでください……♥」

「もちろん」

そして僕らは、ベッドへと移動したのだった。

「アキノリ様っ♥」

彼女は僕をベッドへと押し倒した。普段は冷静なリベレさんが、辛抱できない、と欲望のまま押し倒してきたことにドキリとしてしまう。

「はぁ……はぁ、んっ♥　アキノリ様、んっ……」

彼女はすぐに僕のズボンを下着ごと脱がせた。

「あっ♥　おちんぽ、ピョンって跳ねながら出てきました……♥」

解放された肉竿へ手を伸して彼女が言う。

「あぁ♥　こんないガチガチで反り返ったおちんぽ……すごいです……♥　熱いこれを、私の中に……んっ♥」

肉棒をつかむと、そのまま自らの割れ目へとあてがう。

「あんっ……♥」

くちゅり、と愛液がいやらしい音を立てた。

「あぁ……アキノリ様、いきますね……」

そして彼女は、そのまま腰を下ろしてくる。

「はぁ……あぁ♥　硬いおちんぽが、ん、私のアソコをかき分けて、んぁっ……入ってきてますっ……あぁ♥」

ぬぷり、と肉棒が蜜壺へと沈んでいく。

「あぁ、ん、ふぅっ……このまま、ん、あぁっ……♥　動きますね、アキノリ様……あっ♥　ん、はぁっ……」

リベレさんはゆっくりを腰を動かしていく。膣襞が肉棒を擦りあげ、気持ちがいい。

「あっ……ん、はぁ……」

リベレさんは僕を見下ろしながら、腰を動かしていく。

「アキノリ様、んっ♥　どうですか……私のおまんこ、あっ♥　ん、はぁっ、気持ちいいですか……？　ん、あぁっ……」

「はい、とても……あぁ……！」

蠕動する膣襞が肉棒をしごきあげる。その快楽に、僕は身をまかせた。

「あっ、ふぅっ、ん、はぁっ……」

リベレさんはだんだんと腰の動きを速くしていく。

「あっ、ん、はぁっ、あんっ♥　あぁっ……！」

蜜壺がしっかりと肉棒を咥えこんだまま刺激してきた。

「あふっ、ん、はぁっ……あっ、ん、くぅっ……！」

だんだんと激しくなる腰ふり。

リベレさんも感じているようだ。

「あぁっ♥　ん、はぁっ♥　あんっ……！　アキノリ様、ん、はぁっ、あぁっ……」

彼女は興奮した様子で腰を振っていく。

「私、あっ♥　もう、もうイってしまいそうです……♥　あっあっ♥　ん、はぁっ、アキノリ様のおちんぽを咥え込んではしたなく、あっ♥　んはぁっ……」

僕の上で腰を振り、乱れるリベレさん。

そのエロい姿に、僕も昂ぶっていく。

「あぁっ！　ん、はぁっ、あっ、んはぁっ♥　イクッ！　あっ、ん、はぁっ、アキノリ様ぁ♥　んぁ、ああっ！」

「リベレさん、あぁ……」

「んぁっ、ああ！　もう、だめぇっ……♥　あっあっ♥　イクッ、んぁ、ああっ、イクイクッ！　んくううぅぅぅっ♥」

身体を大きくのけぞらせながら、リベレさんが絶頂した。

おまんこがぎゅっと締まり、肉棒を締めつける。

「あっ、ん、はぁっ……♥」

リベレさんはその快感に動きを止める。

それでも膣襞はぎゅっと締まり、肉棒を締めつけた。

僕はそんなリベレさんの細い腰をつかむと、こちらから突き上げていった。

「んはぁぁぁあっ♥　あっ、アキノリ様、あっ」

僕は射精欲に支配されたまま、腰を突き上げていく。出したい。このおまんこに早く射精したい。

「んひぃっ♥　あっ、あぁっ！　イってる、イってますっ♥　あっあっ♥　イってるおまんこ、そんなに突き上げられたら、んぁっ♥」

「リベレさん、僕、もう出そうです」

「あぁ♥　らめ、んぁ、イってるおまんこ、ズンズンされて気持ちよすぎるのに、んぁっ♥　ザーメンまで出されたら、おかしくなっちゃいます……♥」

「あうっ、ん、あぁ……そんなこと言いながら、また締めつけてきて、うっ……！」

リベレさんの言葉とは裏腹に、おまんこは精液をねだって絡みついてくる。

「う、もう出ます……！」

「んはぁっ、あっあっ、アキノリ様ぁ♥　あっ、んひぃ、おまんこ突きあげられて、私、あん、くぅっ、あぁっ……！」

「ああ……！」

どぴゅんっ！　びゅくびゅくっ、びゅくんっ！

僕は腰を思いきり突き上げると、そのままおまんこに中出しをした。

「あぁっ♥　熱いのでてるっ♥　ザーメンベチベチおまんこに当てられてイクッ！　イックウウゥ

ウウッ！」

僕の中出しを受けて、リベレさんはまたイったようだ。

「んはぁ♥　あっ、あぁっ……♥」

膣襞がうねり、しっかりと精液を絞りとっていく。

僕はリベレさんのおまんこに絞られるまま、精液を注ぎ込んでいった。

「あっ♥　ん、はぁっ……あぁ……♥」

リベレさんはそのまま、僕のほうに倒れ込んできた。

「あぅっ……♥　アキノリ様、すごすぎます……あうっ……♥」

連続イキをした彼女は、そのまま体力を使い果たしたように脱力していった。

僕はそんな彼女を抱きしめながら、しばらく射精の余韻にひたっていたのだった。

第三章　逆転異世界での日常

日々を重ねる内に、こちらでの暮らしにもずいぶんとなじんできていた。

僕は、この世界では力に頼るつもりがない。だから最初は、自分の戦闘能力について特に言及してもいなかった。でも、バレーナさんたちがあまりに心配性だったので、今では少しだけ僕自身の能力についても話してある。

異世界から来た、という話もなんとか信じてもらえたみたいだった。

規格外の精力とか、女性に迫られて喜んでしまう性格とか、こちらの男性と違うところはいろいろとあったしね。絶倫な理由も分かってくれたようだった。

そして街にも慣れてきて、今ではひとりで出歩くことも許されている。

出歩く用事があるわけではないけれど、やはりずっと屋敷の中にいると、少しくらいは身体を動かしたくなるのだ。

レンガ造りの街は綺麗で、歩いているだけでも楽しい。

がちゃがちゃとうるさい街も、前の世界と比べればその活気も魅力で、気にとめることはなかった。

最初に転生した異世界は、魔王の支配を受けつつあった。半ば荒廃しかけ、どこも華やかさとは無縁だったのだ。

それを経験したからこそ今は、雑多だが彩りのあるこの町を、綺麗だと感じることができるのかもしれない。

まあそれでも僕が、珍しい男であることには変わりなく、様々な視線を受けはするけれど。

そんなわけで今日は、ひとりで街をぶらついていた。

屋敷の庭で運動するのも良いけれど、やはり景色が変わるというのはリフレッシュできるしね。

そうして街を歩いていると、誰かがついてくる気配を感じた。

視線は普段から感じることが多いけれど、尾行してくるのは珍しいな。

尾行自体は下手なもので、さらに言えば殺気も感じない。

完全な素人だろう。

と、思わず考えてしまったけれど、こちらの世界って平和だしな。

見た目には出にくいものの、別の世界で勇者だった頃の名残で、僕の防御力は高い。

こちらの世界のプロが剣で斬りかかってきても、ダメージはないのだ。

それもあって、こうしてのんびりひとりで出歩けるわけだしね。

さてと……。

ずっとつけられるよりは、その意図が何であれサクッと片をつけてしまったほうが良いな……。

そう考えて、僕は路地裏のほうへと向かっていく。

他に人通りがない路地裏に来ても、僕の後ろには誰かがついてきていた。

尾行者が女性なのは普通だし、久々に戦闘用の感覚を研ぎ澄まして観察しても、特に鍛えているという様子ではなかった。

僕にとっては、とくに脅威でもない感じだ。

それなら何が起こるか、試してみよう。

そう思って路地裏に入り、隠れる場所もなくなったあたりで僕は勢いよく振り返る。

「ひゃっ……！」

後ろをついてきていた女性は、いきなり向かい合った僕に驚いたようだった。

この世界にしては露出度が少なめな、ローブみたいな服装だった。

彼女は振り向いた僕に驚いたようだけれど、目が合うと笑みを浮かべ、自らの服をそっとはだけさせた。

「おお……」

下には何もつけておらず、彼女の美しい裸体があらわになる。

バレーナさんたちの大きなおっぱいに囲まれているため、慎ましやかに感じられるものの、十分な丸みを持ったおっぱいだ。

それなりにくびれた腰と、隠すもののないつるつるの割れ目までが見えてしまう。

「ふふっ、驚いた？」

いわゆる、痴女ということなのだろうか？　こっちの世界では、こんななんだ……。

逆転世界とはいえ、女性にやられると違和感がすごいけど、野外露出みたいでエロい。

珍しく男が歩いていたので、こうして自分の身体を見せつけてきたのだろう。

こちらの世界の貧弱な男が相手だと、やはり驚いたり、びびる状況なのだろうな。

僕としては突然女性の裸を見せられても、悪い気はしない。

驚いて固まったかのような——実際は見とれているだけだけれど——僕へと、ゆっくり近づいてくる彼女。

おっぱいが揺れるのは、やはりいいものだ……などと思いながら、女性をその場で待った。

「どうするつもりなんですか？」

そう尋ねると、彼女の顔にまた笑みが浮かぶ。

「男の子がひとりで出歩くなんて、無防備よ、こんな人気のないところにまで来ちゃうなんて……襲ってほしいって言ってるみたいよ？」

そう言いながら、女性は僕の側まで来た。

まあなんというか……襲ってほしいとまでは思っていなかった。でも、襲われるくらいは平気だから、なにか面白いことがあってほしいとは思っていたので、あまり否定もできないな……。

それに正直なところ、こうして半裸の女性に迫られるというのも悪い気はしないし。

健康な男子としては、やはりおっぱいを見せつけるようにしながら迫られると、ムラムラしてしまう。この世界は美人ばかりで、こんな人でも魅力的なのも困る。

「ほら、悪いお姉さんに襲われちゃうわよ？　君みたいな男の子を見てると、こんなふうになっちゃうの」

彼女はそう言うと僕の手を取って、自らの秘唇へと導いた。

くちゅっ、と水音がして、もう濡れている陰裂に触れる。

「あぁ……男の子の指が、ん、あたしのここに……」

彼女はそのまま、僕の手を動かして自分の割れ目を刺激していく。

「あっ……♥　ん、はぁっ……」

僕の手を使ってオナニーをしているんだ。そんなに異性に餓えているんだろうか。

「あぁっ……ん、はぁっ……ねえ、キミ。ん、あぁっ……お姉さんのおまんこはどう？　あっ、ん、ふぅっ……」

この世界の男性だと、これはこれで恐怖を感じる状況なのかもしれないな……。

しかし僕としては、美人のお姉さんのオナニー姿を見るというのも悪くない。

でも自慰だけでは、こんなエロい姿を見せられて生殺しだ。

この人は勝手に迫ってきて、僕の手を使ってオナニーしているわけで……少しお仕置きが必要かもしれないな。

そう言い訳を作って、僕からも指を動かし始めた。

「あっ♥　んはぁっ！　ど、どうしたの、抵抗なんてしても、んくぅっ♥　あっ、えっちょっと、そんな、あっ、んぁっ♥」

僕はくちゅくちゅと彼女のおまんこをいじっていく。

先程までは勝手に僕の指をこすりつけていたお姉さんが、急な刺激に腰を引こうとしていた。

「あぁっ♥　嘘っ、こんな、男の子が自分から、あたしの、あっ♥　ん、はぁっ！」

僕はそのまま割れ目をいじりながら声をかける。

「お姉さんのここ、すっごくぐちゅぐちゅですね。ほら、こうやって指でかき回すと、えっちな音が響いちゃってますよ」

「あぁっ♥　だめぇっ、そんなにおまんこくちゅくちゅされたら、イっちゃうっ……♥　あっ、ん、嘘、んぁっ！」

彼女も、反撃されるとは思っていなかったのだろう。

「あぁっ♥　男の子が、あたしのおまんこを、こんなのすごすぎっ♥　指、あっ、ん、はぁっ、あぁっ！」

すっかりと気持ちよくなっている彼女は、快楽に飲まれて混乱しているようだ。

男性に反撃されるとは、思っていなかったのだろう。現代でも痴漢に遭った女の子は、驚いて動けなくなってしまうこともあるというしね。この世界の男は、そうなんだろう。

「あぁっ！　イクッ！　ん、あああっ！　こんなこと、あっ♥　んぁ、あっあっ♥　イクッ！」

びくんと身体を跳ねさせて、彼女はイったようだ。

「あっ♥　あぁ……」

お姉さんは快楽の余韻に浸りながら、口を開いた。

「男の子がこんなことするなんて、信じられない……。襲うつもりだったのに、イかされちゃったぁ……♥」

「人を襲うなんてダメですよ、もうやめてくださいね」

しかしきっと、これだけで反省するということはないだろう。

これはたぶん現代社会でいうと、痴漢が女の子に性器を触らせたら、逆に手コキしてもらえた、みたいなラッキーな状況なわけで。

「今のだけじゃ、ただのご褒美ですからね。まだいきますよ」

「えっ？　イったばかり、ひぅっ！」

エロいお仕置きということなら、何回もイカせてしまうのがいいだろう。

襲った相手に搾り取られる……ということならお仕置きにもなるし、僕も楽しい。

「んひぃっ♥　あっ、だめ、もっと、ん、はぁっ！」

愛液にまみれた指で、今度はクリトリスを責めていく。

「んひぃぃっ♥　あっあっ、そこ、だめぇっ！　あたしのぉ♥　敏感なところ、あっ、ん、はぁっ、ああっ！」

「このままクリ責めでもイっておきましょうか」

「あっあ♥　そんなの、すぐ、あっ、イクッ、んぁ、あああああっ！」

彼女は宣言通り、すぐにイってしまった。

「ずいぶん早いですね」

「そ、そんなことっ……」

恥ずかしそうに言う彼女だが、その秘部はまだひくひくと物欲しげにしている。

このまま手でイかせてもいいけれど……さすがに、これだけメスのフェロモンを浴びていると、僕としても満足したくなってくる。

普通なら強引なことはしないけれど……襲ってきた人へのお仕置きも兼ねているし、このましてしまうのも良いだろう。

僕は彼女を壁へと歩かせる。

「あっ、ん……」

彼女は壁際で、不思議そうにこちらを振り返る。ズボンをくつろげて、肉棒を取り出した。

「今から、これでお仕置きをします」

「えっ……あっ、そんな……」

彼女はびっくりしつつ、僕の股間を見つめている。

「お、おちんぽ……？　本物のおちんぽなの……」

お姉さんは驚きつつ、無意識に惹かれるように、その手をおずおずと伸してきた。

「ひゃうっ、い、今、跳ねた……君のおちんちんが、びくんって……えいっ」

彼女の手が、きゅっと肉棒を握る。

「あぁ♥　すごい、熱くて、硬くて……本の中みたいな巨根だわ……」

痴女のお姉さんは、ぎこちなく手を動かしてくる。

自分から身体を触らせてきたときは違い、ものすごく不慣れな感じだ。

ただこの様子だと、このまま彼女に手や口でご奉仕してもらっても、あまりお仕置きにはならないだろう。

やはり、何度もイかせるほうがよさそうだ。

「壁に手をついてください」

「えっ、どうして……？」

彼女は不思議そうに尋ねてくる。

「お仕置きだって言ったじゃないですか。もうこんなことをしないように、足腰立たなくなるくらいしてあげます」

「あっ……そんな♥」

彼女は言われたとおりに壁に手をつき、こちらへとお尻を突き出してきた。

そのおまんこはもう、たらたらとはしたなく愛液をこぼしている。

僕はその膣口に肉棒をあてがった。

「ほら、もう入っちゃいますよ」

「あぁ……♥　おちんぽが、あっ、あたしの中に、んひぃっ！」

僕はそのまま腰を前に出し、肉棒を挿入させていった。

ねっとりと絡みついてくる膣襞《ちつひだ》をかき分けて、奥へ奥へ進んでいく。

「んひぃっ！　あっ、太いの、あぁっ！　あたしの膣内《なか》、メリメリって押し広げて、あうっ、ん、んおぉっ♥　これが……セックス……入れられるだけで、イクゥッ！」

どうやら挿入だけでイってしまったらしい。

もちろん、それでやめるはずもなく、僕は腰を動かしていく。

「んひぃっ♥　あっ、んはぁっ！　あっ、イってる、んぁ♥　うぅっ！」

「一回や二回イったくらいじゃ、僕はやめませんよ」

「あひぃっ！　ん、おちんぽ、おちんぽだめぇっ……！　突かれるだけで、あたし、んはぁっ！　イクゥッ！」

痴女お姉さんははしたない声をあげながら、細かくイっているようだ。

僕はピストンの速度を上げ、荒々しく彼女を犯していく。

「んっ♥　ああ！　んんっ！　あっあっ♥　らめ、イクッ！　んあっ！　おまんこ、気持ちよぎておかしくなりゅっ♥」

「襲ってくるから、返り討ちにあっちゃうんですよ」

「あふっ、ん、あぁっ！　イクイクッ！　んあぁぁぁっ！　んひぃ、いぃっ……イキすぎて、立ってられにゃいっ……」

彼女の身体が震え、手や足から力が抜けそうになる。

僕はそんな彼女の身体を支えながら、さらに腰を振っていった。

「んひいぃぃっ！　らめらめっ、んおぉっ！　イキすぎてバカになりゅっ♥　飛んじゃう、あっあっ♥　んあぁぁっ♥」

ビクビクと身体を揺らしながら、彼女がまた絶頂したようだ。

僕のほうもそろそろ出そう。

そのままラストスパートでおまんこをかき回していった。

「あぐぅっ♥　おちんぽ……すごすぎ、勝てにゃいっ♥　んおぉ、あひゅっ、ああっ♥　イグッ！　イグウゥウッ！」

「う、あぁっ……」

僕は直前で肉棒を引き抜き、彼女の身体にぶっかけていく。

飛び出した精液が、その真っ白な身体に降り注いでいった。

「あふっ、熱いドロドロ、あっ、あぁっ……♥」

彼女はもう完全に立っていられないようだ。僕は怪我をしないよう、ゆっくりと彼女を下ろした。

いけないお姉さんだったけど、やっぱり美人だ。もうこんなことは、しないほうが良い。

「もういきなり迫っちゃ、ダメですよ」

この世界の女性の性欲を、あらためて思い知ったな。こんなこともあるなんて。

「はい……もうしません……」

お姉さんは満足したのか、ぬれぬれのおまんことザーメンまみれの姿をさらしたまま、ヒクヒクと身体を揺らしていたのだった。

●

ある日、僕はバレーナさんと一緒に街へと出かけていた。

この街を治める貴族ということもあって、バレーナさんには注目が集まっている。

街を歩いていると、少し遠巻きに人々が見ているのが分かる。

「こうして一緒に街中を歩くのって、なんだかドキドキするわね」

バレーナさんは笑いながらそう言った。

この世界は男性が少なく、デートというのはあまりないらしい。

ほとんどの若い男は、中央に連れていかれてしまうらしいしね。

そんなわけで、男女で街を歩くというのはなかなかに珍しいことだ。

僕としても、バレーナさんのような美女とデートとなると、やはり緊張してしまう。

こちらの世界流に、ということで、僕は女性であるバレーナさんにエスコートされ、レストランへと赴くのだった。

普段だって、貴族の屋敷で専属の料理人が作ってくれているのだ。食事のレベル自体はいつも高いのだけれど、レストランでデートというのは特別な感じがした。

そうして食事を終えると、またイチャイチャしながら歩いてゆく。

「アキノリくん、んっ……」

腕を組んだ状態で、バレーナさんはその爆乳を僕の身体に押しつけてくる。

むにゅりと柔らかな双丘が、僕の腕を挟み込んで刺激した。

そんなふうにおっぱいを当てられると、当然、ムラムラとしてしまう。

しかしそれは、バレーナさんも同じようだった。

「こうやって、アキノリくんとくっついているだけで、えっちな気分になっちゃう♥」

性欲の強い、バレーナさんらしい言葉だ。

普通ならこんな場合、屋敷に戻るか、あるいは宿へ向かうことになるのだが……。

せっかく街中に出ているのだ。

人通りのないところでこっそりと、というのもいいだろう。

僕は先日のエッチなお姉さんを思い出し、バレーナさんとも外でしてみたくなっていた。

「バレーナさん」

僕は彼女を路地裏へと連れていった。

「アキノリくん、こんな人通りのないところ……いけないわ」

彼女は心配するようなことを言いつつ、その目には期待が宿っていた。

大通りから三本ほど脇道に入った路地裏は、建物同士の隙間になっており、日が入りにくくて薄暗い。

そして道自体も狭く、人気《ひとけ》もなかった。

きっちりと区画を考えて作った街ではなく、だんだんと大きくなっていった街には、わりとこういうところがある。現代でもそうだしね。

そんなわけで路地裏に来ると、バレーナさんが熱っぽくこちらを見た。

「アキノリくん……」

彼女は僕を抱き寄せると、身体を軽くなでてくる。

「バレーナさん」

僕も、そんな彼女の身体をなでていった。

背中をなで、そのまま腰へ。

むちっとしたお尻をなで回すと、彼女が小さく身じろぎした。

「あんっ……もう、お外でこんなこと……」

そう言いながらも、彼女の手がこちらの股間へと伸びてくる。

「そんなふうに誘惑されたら、止まらなくなっちゃうわよ」

そう言ったバレーナさんの手が、ズボンの中に入り、肉竿をつかんだ。

「あっ……」

しなやかな手が優しく肉竿を握り、いじってくる。

バレーナさんにいじられていると、すぐに血が集まってきてしまった。

「ふふっ、おちんちん、わたしの手の中で大きくなってきてるわね♪」

彼女は嬉しそうに言って、さらに手を動かしてきた。

「しーこ、しーこ……ふふ、逞しいおちんぽ♥　お外だと思うと、それだけで興奮してきちゃうっ……♥」

バレーナさんの手が、パンツの中で動いていく。

狭いパンツの中ということもあり、圧迫感がある。

動かしにくいのか、手コキ自体がいつもよりぎこちなくなるけど、それがまた別種の気持ちよさを生み出していた。

「ん、しょっ……ふふっ、どう……？」

「いいです……あぁ……」

バレーナさんが手を動かし、肉竿を刺激してくる。

僕も応えるように、彼女のアソコへと手を伸ばした。

「あっ♥ んっ……」

「バレーナさんのここ、もう濡れてますね」

「あんっ♥ だってアキノリくんが、こんなところろへ連れ込んで……お外でえっちなことを始めるから……」

「期待しちゃってるんですね」

僕が言うと、彼女は素直にうなずいた。

「もちろんよ……♥ 男の子からこんなえっちなお誘いを受けて、興奮しないはずないもの♪ アキノリくんは、わたし好みのとてもえっちな男の子だわ♪」

「僕も、ドスケベなバレーナさんが好きです」

「あっ、んっ……♥」

互いの性器を愛撫していく。

「あぁっ……ん、ふうっ……」

人の来ない路地裏とはいえ、外でしていると思うと、やはり興奮するな……。

僕はそんなことを思いながら、くちゅくちゅとおまんこをいじっていく。

「あっ、んっ……。ね、アキノリくん……」

「どうしました？」

「わたしの下着、大丈夫かしら？　このままにしてたら、んっ……ふぅっ……♥　帰りにこまっちゃうわ……♥」

バレーナさんのおまんこからは、愛液があふれてきている。

たしかに、このえっちなお汁をパンツが吸いすぎたら、歩いていても気持ち悪いかもしれないな。

僕は言われるままに、彼女の下着をずらしていった。

「バレーナさん、外で丸見えですね」

「あんっ……そんな言い方しちゃダメ……♥」

そう言う彼女のあそこからは、さらにじわりと愛液がしみ出してきた。

僕はそんなバレーナさんのおまんこを、くちゅくちゅといじっていく。

「あぁ♥　ん、はぁっ……アキノリくんっ……ん、あぁっ、わたし、お外で、あっあっ♥　ん、はぁっ……」

彼女の声が切羽詰まったものになっていく。

その蜜壺とクリトリスを、指先でいじっていった。

「あぁっ♥　ん、そこ、んぁっ♥　あぁっ！　敏感なところ、あっ♥　ん、はぁっ……！　だめ、イクッ！　んっ……！」

バレーナさんが、かわいい声をあげながら身もだえる。

「お外でイっちゃうんですね」

「んはぁっ♥あ、ああっ……そう、ん、はぁっ、お外で、イっちゃうのぉ♥　あっ、ん、はぁっ、あっ！」

僕はそんな彼女をさらに刺激し、追い込んでいった。

「んはぁっ♥　あっあっ♥　イクッ！　もう、あっ、んぁ、ふぅっ、はぁっ、イク、あっあっ♥　んくううぅぅぅっ！」

びくんと身体を跳ねさせながら、バレーナさんがイった。

「あっ、ん、はぁっ……♥　あぁ……♥」

彼女はうっとりと息を吐いて、こちらを見つめる。

その目はすっかりと潤んでおり、僕を誘っていた。

「ね、アキノリくん……」

「はい」

「こんなにされちゃったら、わたし、もう我慢できない……おまんこ疼いて、アキノリくんのおちんぽが欲しくなっちゃう……」

そう言って、彼女の手が僕の肉竿をなでてくる。

「アキノリくんも、もうこんなガチガチにして……つらいでしょう？」

「はい。僕も、バレーナさんの中に挿れたいです」

そう言って、僕は反り返った剛直を彼女へと向ける。

「あっ♥」

バレーナさんは嬉しそうな声を出して、僕のチンポを見つめた。

正面から向かい合って、僕は彼女の足を軽く持ち上げる。

すると、先程イったばかりの彼女の濡れ濡れおまんこが、物欲しそうにひくついているのが見えた。その妖しい蜜壺に、剛直をあてがう。

「ん、はぁ……♥　硬いの、わたしの入り口をつんつんしてる……♥」

「いきますよ」

「ん、はぁっ……♥」

言ってすぐに僕は腰を前へと突き出し、そのおまんこに肉竿を挿入していった。

「あぁっ♥　ん、はぁっ……　すごい、ん、ふぅっ……熱いのが、あっ♥　おまんこに、入ってきてるっ……」

「う、あぁ……」

うねる膣襞《ちつひだ》が、喜ぶように肉棒を包み込み刺激してくる。

その気持ちよさに、僕は声を漏らした。

「あふっ♥　ん、あぁっ……アキノリくん、ん、あぁっ♥」

「あぁ……うっ……動きますね」

そう言って、腰を動かし始める。

「あっ♥　ん、はぁ……」

ゆっくりと腰を動かし始めると、彼女の口からも色っぽい声が漏れる。

身体を動かすと、その爆乳も柔らかそうに揺れていった。

「あっ♥　ん、はぁっ……♥　すごい、あっ、おちんぽが、わたしの中で、あっ♥　ん、はぁっ、あっ、ふぅっ……」

「あぁ……バレーナさんの中、すごい締めつけで、うっ……」

立ったままでつながり、腰を動かしていく。

「あぁっ……ん、ふぅっ……アキノリくんっ、あぅ♥」

バレーナさんが気持ちよさそうな顔で僕を見つめている。

人通りがない路地裏とはいえ、街中でしているということで、いつもより興奮してしまう。

「んはぁ♥　あっ、ん、くぅっ……んぁっ！　ダメ……ああっ♥」

バレーナさんも同じようで、恥辱を含んだ嬌声をあげていく。

「あまり大きな声を出すと、見つかっちゃうかもしれませんよ」

「そんなこと言われてもぉ♥　んぁ、無理なのぉっ！　気持ちよくて、あぁっ！」

性欲旺盛なバレーナさんは、いつもとは違うシチュエーションを楽しんでいるみたいだ。

外だと指摘したのに、かえって声を大きくしたくらいだ。

「あぁっ♥　ん、はぁっ、こんなところ、見られたら。あぁっ♥」

「う、あぁ……」

バレーナさんが興奮しながら、自らも腰を動かしてくる。

「あっ、ん、はぁっ……アキノリくん、んぁっ♥」

腰の動きもさることながら、それに合わせて蠕動する膣襞が、僕の肉棒をきゅっきゅと締めつけてくる。

その気持ちよさに、すぐにでも出してしまいそうだ。

「あぁっ♥　ん、はぁっ、すごい、んぁっ♥　あっ」

路地裏で交わって、こんなふうに感じながら腰を振って……。

バレーナさんのドスケベな姿に、僕の昂ぶりは増す一方だ。

「んはぁっ♥　あっ、ん、ふぅっ、ああっ……！」

その興奮のまま、僕も大きく腰を振っていく。

「んはぁっ！　あっ、あぁっ♥　おちんぽ、奥まできて、ん、あぁっ……わたしの中、んぁ、ズンズン突き上げて……♥　んはぁっ！」

彼女が興奮しながら僕を見つめる。

僕も彼女の綺麗な、しかしいやらしい感じ顔を見ながら腰を振っていった。

「んはぁっ♥　あっ、ん、はぁっ♥　あっあっ♥　もう、ん、あぁっ、イクッ！　あぁっ、野外セックスで、あっ、イクゥッ！」

「バレーナさん、僕も、うっ……」

「きてぇっ♥　このまま、あっ♥　わたしの中に、んっ、熱いの、いっぱい出してぇっ……♥　あ

っ、んはぁっ！」

「う、いきます……！」

僕はラストスパートで激しく腰を振っていった。

「あっあっ♥　ん、はぁっ、ああっ！　もう、ん、はぁっ、あっ、イクッ！　んぁ、ああっ！　あんっ♥」

蠢動する膣襞をかき分けながら、突き上げていく。

「んはぁっ♥　あ、ああっ！　んくぅっ！　んぁ、あぁ♥　イクッ！　あっあっ♥　イクイクッ！　イックウウゥゥゥウッ！」

「う、ああっ！」

びゅくんっ、びゅくくっ！

バレーナさんの絶頂にあわせて、僕も射精した。

「んはぁぁっ！　あっ、んっ……♥」

最奥へと、ドクドクと精液を放っていく。

「あぁっ♥　ん、はぁ……すごい、あんっ♥　お外で、中出しされちゃってる♥　んぁ、ああっ♥　出されてイっちゃう、んはぁぁっ！」

バレーナさんは中出しを受けて、さらに感じてくれているみたいだ。

「ああ……」

僕も大きく息を吐いた。

人の気配がないとはいえ、屋外でするというのは、いつもとは違った興奮があるな……。

また、こうして外でするのもいいかもしれない。

そんなことを思うのだった。

●

街中での行動にもすっかり慣れた僕は、街の外へも行けるようになっていた。

さすがに街の外は、護衛であるリベレさんが一緒、というのが条件だったけれど。

そんなわけで、僕らは街の近くにある森へと来ていた。

森が広がり、獣道がのびるだけの風景。

爽やかな風が葉を揺らしながら通り過ぎていく。

「やっぱり、広いところを歩くのは気持ちいいですね」

街の中でも多少の開放感はあるものの、割と発展している街で人口もそれなりにいるので、森のようにまるで人を見ない、ということはなかった。

こうして静かな中にいると、とても落ち着く。

こちらへ来る前までは、そういった自然豊かな――あまり発展していない場所にいることが多かったというのもある。

魔王側の勢力が強いところは、発展させるのが難しかったしね。

ともあれ、こうして自然豊かな森を歩いていると、リラックスできた。

今はもう、過酷な旅の最中でもなく、果たすべき使命があるわけでもない。

ただノンビリと、リベレさんと一緒に散歩しているだけなのだ。

平和なお散歩は、心安まる良いものだ。

と、そんなわけでしばらくは、森の中の散策を楽しんでいった。

自然の中で癒やされた僕は、リベレさんを抱き寄せる。

「あんっ♥　アキノリ様……」

彼女は抵抗することなく、むしろ僕を抱きしめ返してくれる。

「どうしたんですか、急に……」

そう言いながらも、むぎゅむぎゅと僕を抱きしめていた。

そんな彼女の大きなおっぱいが押しつけられていると、すぐにムラムラときてしまう。

「そんなふうに抱きつかれたら、んっ……森の中なのに、我慢できなくなっちゃいますよ？」

「リベレさんが、森の中なのにそんなえっちな格好してるから」

「私は別に普通の格好ですが……アキノリ様こそ、えっちなのですね♥」

嬉しそうに言いながら、彼女は僕の身体をなでていく。

その動きに合わせ、彼女の身体がこすりつけられた。

「うっ……」

「アキノリ様……♥　私の身体に、硬いモノがあたっていますよ？」

そう言って、彼女が擦りつけるように身体を動かしてくる。

「うん……リベレさんに抱きつかれてたら、うっ……」

僕が言うと、彼女は妖艶な笑みを浮かべた。

「そうなのですか？」

そして、その手を僕の股間へと伸ばしてきた。

「あぁ……♥　おちんぽ♥　ズボンのなかで苦しそうにしてますね……こんなに大きくして」

「うん……」

僕がうなずくと、彼女は嬉しそうに言った。

「それなら、ふふっ……♥　アキノリ様をエッチな気分にしてしまった責任、とらせていただきますね？」

リベレさんはそう言うと、かがみ込むようにして、僕のズボンへと手をかけてきた。

「それでは失礼しますね」

そう言って、ズボンを下ろしてくる。

「ん、しょっ……わっ♥　もう、こんなに逞しくなって……♥」

飛び出してきた肉棒を、彼女はうっとりと眺めた。

「お外でおちんちん丸出しだなんて……♥　すごくえっちです……」

リベレさんはそう言うと、その細い手で僕のモノをつかんだ。

「あぁ、熱いですね……勃起おちんぽ♥」

彼女はそのまま、にぎにぎと肉棒を刺激してくる。

「森の中でこんな格好……ん、ちゅっ♥」

「うっ……」

彼女は軽く肉棒にキスをしてきた。その気持ちよさに、声が漏れてしまう。

「ガチガチになっている勃起おちんぽ、私が鎮めて差し上げます……♥」

彼女はそのまま舌を亀頭へと伸ばした。

「れろっ……ちろっ……」

「あぁ……」

リベレさんの舌が、肉竿の先端あたりを舐めてくる。

「ちろっ……ぺろっ……」

温かな舌が、少しずつ肉棒を這っていくのがもどかしい。

「れろろっ……ちろっ、ちゅっ♥ ん、おちんぽ、舐められて気持ちよさそうですね」

「うん……すごくいい……」

美女が股間に顔を近づけ、舌を這わせている姿は、とてもえっちだ。

僕はそんな彼女を眺める。

「れろっ、ちろっ……」

ピンクの唇から突き出た舌が蠢き、肉棒を舐めていく様子はたまらない。

「ぺろっ……ちろろっ……」

綺麗な舌が細かく、繊細な愛撫で動いてくる。

「れろっ、ちろっ、ぺろっ♥」

「うぁ……気持ちいいです」

「れろろっ……ぺろぉ……♥　アキノリ様、んっ、れろっ……」

丁寧で愛情たっぷりな彼女の舌になめ回されて、僕はどんどんと昂ぶっていく。

「裏筋のところを、れろぉ♥　ここが、気持ちいいんですよね？」

「あぁ……はい、そこです」

彼女の舌が裏側を責め、さらに肉竿を刺激する。

「れろろっ、ちろっ……先っぽから、んっ……我慢汁があふれてきてます……♥　ぺろっ、ちろっ、れろろろっ……」

リベレさんが舌を伸し、僕の体液を舐めとっていく。

「れろっ、ちろろろっ……」

「あうっ……」

鈴口のあたりを熱心に舐め、刺激してくる。

その気持ちよさに浸っていると、彼女が僕を見上げた。

「あぁ♥　アキノリ様の感じているお顔、かわいいです……♥　このおちんぽを咥えて、もっと気持ちよくして差し上げますね♪」

そう言って、彼女は口を大きく開けた。

「あむっ♥」

ぱくり、と彼女の可愛らしい口が僕の肉棒を咥えた。

「んむっ、ちゅぷっ♥」

リベレさんがもごもごとしゃぶりついて、口内で肉竿を動かす。

「んももっ……れろっ、ちゅぷっ……」

頬の内側がこすれて、これはこれで気持ちが良い。

「んむっ、れろっ、ちゅぶっ……」

唇も窄まり、根元まで竿を刺激してきた。

「んぶっ……ん。ちゅっ……こうして、れろっ……前後に動かすのが……♥　くぽっ、じゅぽっじゅぶっ……！　いいんですね？」

「あぁ……いいです！」

リベレさんが肉棒に吸いつき、バキュームのまま往復していく。

「ん、じゅぶっ、じゅぽっ……♥　アキノリ様♥　ん、じゅぷぷっ……ふふっ、もっと、私のフェラで気持ちよくなってくださいね……♥」

そう言って、彼女は頭を動かしながら舌を巧に使ってくる。

メイドさんらしい、ご奉仕精神だ。

「じゅぶっ、れろろっ……」

温かな口内に包まれた上に、舌がれろれろと舐め回してきた。

「れろろろっ……ちゅぷっ、じゅぽっ……♥　ん、大きなおちんちん……♥　私の口に入りきらないくらいで、じゅぽっ♥」

「リベレさん、あぁ……」

彼女の積極的なフェラに、僕はとろかされてしまう。

「じゅぶぶぶっ！　じゅぽっ、れろぉ♥　ん、お口のいろんなところに、おちんぽが当たってしまいます、んぁ♥」

「そこ、いいです……あぁぅっ……」

彼女の頬や、固い上顎のあたりが肉棒を適度に刺激してくる。

「んむっ、ちゅっ、じゅぼっ……♥　んんっ……！」

熱心に吸いついてくるリベレさん。その口淫奉仕で、僕の射精欲が増してきてしまう。

「リベレさん、そんなに吸いつかれると、うっ……」

「あぁ、アキノリ様、んっ。あふっ♥　いいんですよ、れろろっ、じゅぼっ♥　好きなときにお出しになって♪」

「そんな……ほんとに出ちゃいますっ」

それを聞いた彼女は、ますます激しくフェラをしてきた。

「じゅぶぶっ、じゅぼっ、ちゅばっ！」

「リベレさん、そんなに吸いついて、あぁ……！」

僕のチンポに思いきりしゃぶりつくリベレさんは、頬をすぼめるようにした、下品なフェラ顔になっていた。

「じゅぶっ、ちゅぱっ、じゅるるるるっ♥」

いつもはクールな美人のリベレさんが、はしたなくチンポに吸いついている姿は、ものすごくエロい。

「じゅるるるっ、ちゅぶっ、じゅぼっ！」

そしてもちろん、彼女のバキュームフェラも気持ちがよく……耐えきれずに、精液がせり上がってくるのを感じた。

「あぁ、もう、出ちゃいますっ……！」

僕が言うと、リベレさんは肉棒を吸いながら言った。

「はい♥　きてください……私のお口に、んっ♥　お外で盛ってしまった、えっちなアキノリ様のザーメン♥　いっぱいだしてください♪」

「でます……でちゃいます！」

「じゅぶぶぶっ、レロレロレロレロレロ！　じゅるっ、ん、はぁ……じゅぶぶぶっ、んむっ、じゅぞぞぞぞぞっ！」

「あう、でるっ……！」

びゅくんっ！　びゅくっ、びゅるるるるっ！

「んんっ!?　ん、んむっ……♥」

僕はそのまま、リベレさんのお口で気持ちよく射精した。

「ん、じゅぶっ、ちゅぅっ♥」

「あぁ、いま吸われると、うぁ……！」

射精中の肉棒をストローのように吸われ、残った精液が流れ出る感覚で、その気持ちよさに腰が跳ねてしまう。

「んんっ♥　ん、じゅるっ……」

リベレさんはそれでも肉棒から口を離さず、僕の精液を飲み込んでいった。

「ん、んくっ……あふっ、ごっくん♪」

ようやく精液を飲み干すと、ようやく肉棒を解放してくれる。

「アキノリ様、濃いザーメン、ごちそうさまでした♪」

そして嬉しそうに言うのだった。この世界の女性は、ほんとうに心からご奉仕してくれる。えっちできることが、幸せなんだ。それはもちろん、僕も嬉しい。

けれどももちろん、ご奉仕だけで終われるはずもなく、彼女は迫ってくる。

「アキノリ様のおちんぽをしゃぶっていたら……んっ、私、おまんこにも欲しくなってしまいました……♥」

そう言って、彼女はそのスカートをたくし上げるのだった。

彼女のそこは、もう下着の上からでもわかるくらいに濡れてしまっている。

「アキノリ様、まだ、おちんぽ大きなままですよね♥」

「うん」

僕はうなずくと、彼女に言った。

「それじゃ、木に手をついてもらおうかな。それで、お尻をこっちに突き出すようにして」

「はい♥」

そう言うと、彼女は無防備なおまんこを丸出しにして、木に手をついた。そのままお尻をこちらに突き出すと、もうすっかりと濡れて肉竿をまちわびているおまんこが、はっきりと見えてしまう。

「アキノリ様、んっ……♥」

「外でこんなに濡らして挿れてほしがるなんて、リベレさんはえっちですね」

僕が言うと、彼女はうなずいた。

「はいっ。私はえっちなので、アキノリ様の逞しいおちんぽ♥　挿れていただきたいです……！」

そう言ってお尻を振り、アピールしてくる。

そんなドスケベなことをされたら、僕だって我慢できない。

「じゃ、いくよ」

「はいっ♥　おちんちん、入れてくださいませ♥」

僕はそう言って、彼女のお尻をガシリとつかんだ。

「あんっ……♥」

ハリのあるお尻を固定しながら、愛液を垂らしているおまんこに肉竿をあてがう。

「あぁ……♥　熱くて硬いのが、んっ、私のアソコに……♥　お外でこんなことするなんて、あんっ、興奮しちゃいます……♥」

「リベレさんは本当にドスケベですね」

そのエロエロメイドさんに、僕の興奮も高まっていく。

「ん、あぁ……♥」

そして腰を推し進め、淫らなおまんこに立ちバックで挿入していった。

「あんっ！　逞しいおちんぽ、入ってきてますっ……♥」

ぬぷり、と肉棒が蜜壺に侵入していく。

「あふっ♥　ん、はぁ……！」

熱くうねる膣襞《ちつひだ》が、全体を包みこんでくる。

「あぁ、ん、ふぅっ……」

僕はそのまま、腰を動かしていった。

「んはぁっ♥　あっ、ん、ふぅっ……！」

彼女が気持ちよさそうな声をあげていく。

「あっ、ん、はぁっ……♥」

僕はリベレさんの細い腰を鷲づかみ、欲望のまま犯すように抽送を行っていった。

「んあっ♥　ふぅ、ん、あぁっ……！」

木の幹《みき》に手をついた状態で堪え、彼女は強い攻めを受け入れてくれている。

「あぁっ！　ん、はぁ、ふぅっ、んっ！」

森の中で声をあげるリベレさんは、健康的でかわいらしい。

「あふっ、ん、あぁ……♥　外でこんな、あぁ……♥」

恥ずかしそうにする彼女に興奮して、僕はさらに腰を動かしていった。

「あぁっ♥　おちんぽが、私の中を、あっ、ん、はぁっ……♥」

くちゅくちゅと、いやらしく抽送の音が響く。

「んはぁっ♥　あぁ、アキノリ様、ん、あぁっ、んはぁっ！」

リベレさんが大きく声をあげて言った。

「あぁっ♥　んはぁっ！　あぁ、そんなにいっぱい突かれたら、求められたら……私、もう、あっあっ！　ん、はぁっ、イっちゃいそうです、あぁっ！」

彼女が嬌声をあげながら身体を揺らしていく。ボリュームたっぷりのお尻が、パンパンと突くたびに波打ち、射精をねだって身悶えていた。

その内部では、蠕動する膣襞がさらなる快楽を求めて吸いついてくる。

「あ、イクッ！　もうイキますっ！　んはぁっ♥　あっあっ♥　んぁ、あうっ、んはぁっ……！」

「う、あ……そんなに締めつけられると……」

膣襞の熱い抱擁を受けて、僕も限界が近くなる。背後から巨乳を揉みし抱き、フィニッシュへと向かっていく。突けば突くほど、おまんこは気持ちよく僕を締めつけた。

「んはぁっ♥　気持ちよすぎて、あぁっ！　んぁ、あふんっ！　あぁ、イクイクッ！　んぁ、あぁあぁあぁあぁっ！」

「うわっ……そんなに締めると……」

彼女が絶頂し、蜜壺が強く凝固する。その絶頂締めつけに、僕も射精欲が限界を迎えた。

「このままいきます……！」

そして、ラストスパートで腰を振っていく。

「んはぁっ♥　あっ、ん、はぁっ……！　あぁぁっ！　イってるおまんこ、そんなに……元気なおちんぽでかき回されたら、んはぁっ！」

リベレさんはもう、周囲を気にしていられないようだ。森の中に声を響かせて乱れていく。

「あぁっ♥　イってるおまんこ、またいっぱい突かれて、んぁっ！　イクッ！　イってしまいますっ♥　んぁ、あっ、んうぅっ……！」

そしてさらに締めつけながら感じていく。

「あっあっ♥　イクッ！　またイクッ！　連続で、あぁっ♥　あっあっ♥　イキながらイクゥ！　んぁ、あああっ！」

「う、出しますっ……！」

連続絶頂でうねるおまんこの奥へ、僕はズンッと腰を突き出した。

「んはあぁぁぁぁっ♥」

びゅるるっ、びゅくびゅくんっ！

メイドさんの温かな子宮へと……真っ白なお尻に腰を押しつけ、絞り出すように射精する。

気持ちよすぎて、そして背徳感と満足感が高すぎて、これまででも最高の放出だった。

「あぁっ♥　熱いザーメン、私の中に、ベチベチ当たってますぅっ……♥　んぁ、あああっ！　すごいの、あぁっ♥」

彼女のおまんこも、しっかりと精液を搾り取ってくる。

蠢動する膣襞に絞り上げられ、僕は余さず精液を吐き出さされていった。

子作り欲求の高いこの世界の女性は、おまんこもおねだり上手だ。全て吸い尽くされてしまう。

「んはぁぁっ……♥　あぁ……赤ちゃんのお部屋……せいえきで……満たされちゃいました……」

彼女はうっとりと言いながら、力を抜いてく。

僕はそんなリベレさんを支えながら、肉棒をひき抜いていった。

「あぅ……アキノリ様……」

彼女は大きく息を吐きながら、ぎゅっともたれかかってくる。しっとりした肌も、興奮した後の女性らしい汗の臭いも、とってもえっちだ。

「気持ちよすぎて、立てなくなってしまいました……」

「しばらく、このままで良いよ」

彼女を支えながら、僕は言った。

「ありがとうございます……」

森の中で激しく交わり、エロい姿でぐったりとしているリベレさん。

やっぱり外でするのは、家の中とは違ったよさがあるな……。

お姉さんとメイドさんのお陰で、すっかり野外にハマってしまった僕は、そんなことを思うのだった。

第四章　お姫様の来訪

「今日は、すごい雨ですね」

「そうね、こんなに降るなんて、この辺りでは珍しいわ」

僕が窓の外を眺めながら言うと、バレーナさんがうなずいた。

屋敷の外は土砂降りで、強く打ちつける雨の音が響いている。

街は深く濡れ、濃い雨雲で薄暗い。

さすがに、この雨の中で出歩く人はいないみたいだ。といっても、この屋敷があるのは人通りの多いエリアではないので、街中のほうはがどうかは、わからないけれども。

バレーナさんが珍しいと言ったように、これほどの大雨はこの世界に来てから初めてだ。

もちろん、ちょっとした雨が降る日はあった。けれど、今日はイメージとしては台風に近い。

風はそこまでじゃないけど、とにかく雨量が多かった。

バレーナさんやメイド達も、どこかおちつかなげだ。

現代日本にいた僕としては、こういう大雨や台風めいたものに慣れているので、そこまでびっくりすることはなかったけど。屋敷もしっかりとした造りだしね。

でも、この辺りの土地は、水はけとかはどうなのだろうか。

現代ならいろいろと対策がされているが、この世界の基準はわからない。

バレーナさんも、ここまでの大雨は珍しいと言っているぐらいだし。

まあ、僕にできることはないけれど……。

さすがに勇者の力でも、雨を止めるなんてことはできない……とは思う。

雨雲って、例えば強力な魔法を放てば散らせるものなのだろうか？

やってみたことがないから、わからないな。

それに安易にそんなことをすると、他の場所に影響が出るかもしれないし。

実際に何か被害が出たような話があれば協力したいけれど、勝手に動くのは控えたほうが良いだろう。

「アキノリくんは、大雨とか雷《かみなり》とかも、大丈夫なの？」

「そうですね。僕が前に住んでいたところは、これぐらいの大雨とかも頻繁にあったので」

そういえば、こちらの世界に来てからは、地震って起こらないな、とも思った。

前の異世界でもそうだった気がする。ドラゴンが近くを歩いて地面が揺れる、とかはあったけれど、プレートがどうこうというような本来の意味の地震はなかった。

それは現代でも同じか。海外だと、ほとんど起こらない地域もあるみたいだしね。

「そうなんだ」

「怖がる人が多いんですか？」

大雨自体が珍しいと、怖がる人が多いのもわかる。慣れない異常気象には、誰だって弱い。

「そうね。特に雷は……。この街は大丈夫だけど、対策がされていないと危ないこともあるしね」

「ああ、確かにそうですね」

現代でも、避雷針をはじめとして、念入りに対策されているぐらいだからね。

窓の外では、相変わらず大雨が降り続いている。

雨粒が窓を打つ音は、安全な場所にいるぶんには、なかなかに心地が良いものだ。

でも、ここまでの大雨だと、さすがにちょっとうるさいかな。

そんなことを考えながら、バレーナさんたちとお茶を飲む。ここの使用人やメイドさんは、基本的に住み込みなので、この大雨のなかで帰る必要はなくて一安心だった。

反対に、商品を納入しに来た商人さんは、この大雨で帰れなくなってしまい、今日は屋敷に泊まることになったみたいだ。

雨の中だと、馬車も危ないしね。

特に荷物を運ぶ大型のものは、悪路では扱いが難しいだろうし。

雨は強く降り続けている。結局、この雨は夜明けまで降り続けたのだった。

●

朝になるとすっかりと雨は止んでおり、日差しもいつもより眩しいぐらいだった。

けれど大雨の影響でか、道には水溜まりがまだまだ残っていたり、広場にも洪水のような場所ができたりしているようだ。

屋敷の庭にも水が溜まっており、普段は朝から掃除をしているメイドさんが、それを汲み出すのにかり出されている。僕はバレーナさんに許可を取ってから、そんな彼女達に声をかけた。

「それは、僕がやっておきますよ」

普段通りの仕事は、普段通りにあるのだし。この作業の後では、大変だろう。

それならば、日頃はだらだらしている僕こそが、こんなときくらいは働いたほうがいい。

「えっ、アキノリ様がそんなことをしなくても……」

メイドさんのひとりが、驚いたようにこちらを見るのだった。

「バレーナさんには話してあるよ。それに……」

僕は魔法を使って、庭に溜まっていた雨水をまるごと持ち上げた。

「えっと、汲み出す先ってどこですか？」

「えっ、あっ、あちらにお願いします」

「ありがとうございます」

そしてそのまま魔法で操り、排水口へと緩やかに流し込んでいく。

「あ、アキノリ様って……すごいのですね……」

この世界では、こういうタイプの魔法を見る機会はないのかもしれない。

以前に念のため、この世界に魔法があるかどうかは、聞いてみたことがある。いちおうは存在するようだけど、そこまで一般的ではないようだった。

なので、メイドさんはびっくりしてしまったようだった。

でも見た限り、この館でも火起こしなどは魔法だし、まったくないわけではないのだ。

「この魔法は、前に住んでいたところでよく使っていたので」

そういうことにしておいた。

実際、近くにある岩を浮かせて怪物《モンスター》にぶつけるとかは、手抜きでたまにしていたしね。

岩魔法で創造するよりも、ありものを使うほうが簡単だ。威力は低いけれど、魔力消費も少ない。

そんなふうにして、ちょっとしたお手伝いをしていく。

しばらくしてから館のほうに戻ろうとすると、焦った様子の女性が駆け込んでいくのが見えた。気になったので、僕もバレーナさんの元へと向かう。今なら、中庭あたりに居るはずだ
「バレーナ様、大変です」

「どうしたの？」

少し離れたところにいる僕にも、その声が聞こえてくる。

彼女はちょうど、中庭の入り口に立っていた。

さらに近づくが、邪魔にならないように少し端によけて、話が終わるのを待つことにした。

話をさえぎっちゃうからね。なんだか重要な報告のようだし。

「輸送用の山道が、土砂崩れで塞がってしまいまして……」

「まあ……犠牲者は？」

「幸い、巻き込まれた者はいなそうなのですが、道自体が完全に通行できなくなっています」

「そうなの……すぐに機材を……手配するのも難しいわね……」

「はい。あそこが一番大きな道なので……。通行用の道は問題ないので、よそへ助けを求めるのは可能だと思いますが……。これが状況を簡単に記した資料です」

そう言って渡された資料にざっと目を通すと、バレーナさんが言った。

「ありがとう。ちょっと考えてみるわ。ひとまず、こっちで動かせる機材を手配してみるわね」

「はい」

どうやらこの街へと続く重要な街道が、塞がってしまったらしい。

そうなると、様々な物品が街へ入ってくるのに支障がでてしまう……ということだろうか。

「バレーナさん」

「あっ、アキノリくん」

僕が声をかけると、彼女がこちらを見た。

「お話、聞いちゃいました……」

「ああ、そうなのね……。ん、ちょっと考えないといけないけれど、なんとかするから安心してくれて大丈夫よ」

バレーナさんはそう言ったけれど、いつもに比べて困っているようだった。

「現場を見に行っても、いいですか？」

僕は考えながら、言葉を続ける。

「状況によりますが、塞がっている周辺まででも運んでもらえれば、僕の魔法で難所だけ越えることも可能かもしれませんし」

バレーナさんには、これまでにも少し僕の魔法を見せてある。

さきほどのような移動魔法も、イメージしてもらえるだろう。運べる量は、距離による、といった感じだけれど、場合によっては設置型の転移魔法でもいいだろう。

道を直すまでの、つなぎくらいはできると思う。

被害の規模によっては、魔法ですぐになんとかしてしまうことだって可能だと思う。

こっちへ来てからはモンスターとの戦闘もなく、魔力は最大値のままだ。

回復の余裕なしでも戦い続けないといけなかった勇者の頃とは違い、魔力には充分な余裕がある。

このぐらいなら、魔力の節約を考える必要さえもない。

「そんなことが……できるの？」

「実際にどのくらいのことができるのかわからないので、もしかしたら無駄足になってしまうかもしれませんが……」

得意な戦闘ではないし、僕に災害対策ができる自信はないけれど。

とはいえ、何かしらの一時的な対処くらいは、きっとできるだろうと思った。

これでも一応、前の世界では魔王を倒したくらいの力はあるのだし。

「いえ、そうね……。なんとかしてもらえる可能性があるなら、試してみてほしいわ」

そう言って、彼女は続ける。

「実は、結構困った状態なのよ」

そこでバレーナさんは、近くに控えていたメイドさんに声をかける。

「崩れたところを見に行きたいから、馬車を用意してもらえるかしら？」

「かしこまりました」

メイドさんが頭を下げて、馬車の手配に向かった。

そして、バレーナさんは僕に向き直る。

「塞がった道は、この街に物資を運ぶ主要道路なの。ここは、国の端っこのほうでしょう？　だからそこが塞がってしまうと、やりとりがほとんどできないのよ」

両側に街道が伸びていれば、一時的に逆方面の街から送ってもらう、ということも考えられるのかもしれない。だが、この街の反対側は、まだ開拓していない土地が広がっているだけなのだ。

「一応、人の行き来が可能な細い道もあるのだけれど、そちらだと大規模な輸送はできないから……。主要街道を直すための機材を運ぶことさえもむずかしいのよね」

ここは、けっこう大きな街だ。

その分、日常的に多くの物資が出入りしている。

それらが止まるとなると、これまでと同じような生活は困難になってしまうだろう。

「だから、少しでもなんとかできるなら、とても助かるわ」

「頑張ってみます」

そんな訳で、僕らは馬車に乗り、現場へと向かったのだった。

到着した現場は、土砂崩れの位置から少し離れたところですでに、通行止めになっていた。

斜面が崩壊している以上、知らずに近づいてしまうと危ない。それにこの山道では、馬車によってはUターンするのも難しいからだろう。

僕らはそれをなんとか乗り越えて、現場へと到着する。

「なるほど……」

街道には土や岩が流れ落ち、完全に塞がってしまっている。

けっこうな広範囲にわたっていて、先がどこまでかというのは、こちらからでは見えなかった。

土砂崩れが起きた崖側もえぐれ、だいぶ不安定になっているようだ。

一番簡単なのは、このまま魔法で土砂を持ち上げて道を綺麗にし、崖のほうも魔法で補正、強化してしまうことだろう。

僕は空に飛び上がって、上から状況を確認してみる。

どうやら、思ったよりだいぶ酷い状況だ。

百メートル以上に渡って崩れているみたいだったけど、終わり地点は見えた。

崩壊の規模としては割と大きめで、確かにこれを通常の土木工事で直そうと思うと、相当な期間が必要だろう。

現代と違って、様々な重機があるわけじゃないし。

地面に戻った僕は、バレーナさんに尋ねる。

「道を塞いでる土砂を取り除いて、崩れてしまった崖部分を強化するのが良いと思うんですけど……

このあたりの水脈とかは、わかりますか？」

崩れないように魔法で崖を塞いでしまうことになるので、その下を通っていた水が川に流れ込みにくくなる……というような副作用もあるかもしれない。

実際のところどうなのかは、専門家ではない僕ではわからないが……。

「大丈夫だと思うわ。少なくとも、この下方面に村はないから」

「わかりました。それじゃ、土砂を片付けて、崖側も補強しちゃいますね」

「本当に、そんなことできるの……？」

バレーナさんは驚いたように言う。

思っていたよりもずっと、崖崩れがひどかったからかもしれない。

こういうのは、話に聞くのと実際に目にするのじゃ、迫力も違うしね。

「はい、できます」

けれど問題なく、僕はうなずいた。

「それじゃ、いきますね」

そうと決まれば、早いほうがいいだろう。

僕はまず大雑把に道の土砂を持ち上げ、崩れていた崖のほうへと運んでいく。

最終的には覆うように魔法で強化してしまうので、まずは適当に埋め立て、隙間をなくしていった。この作業は、魔法なら比較的簡単にできる。

重機などで作業する場合と違い、空中に固定しておくとかもできるので、格段に楽なのだ。

「す、すごいですね……」

後ろで僕の作業を見ていた人が、そう呟いたのが聞こえた。役人のようだが、だいぶ驚いているようだ。

まあ、こっちでは大規模な魔法ってあまり使われていないみたいだし、初めて見るなら、そう思うのかもしれない。僕はそんな感嘆の声を聞きながら、黙々と作業を進める。

必要な土砂は空中で固定ている状態なので、細かいことを考えずにどんどん作業を進められた。

これは、魔法じゃないとできないことだ。

重機なら、まずは道の土砂を全ていったんどけて、その次に、高所で作業できる機材を持ち込んで崖の補強に入らないといけない。

けれど魔法なら、持ち上げてはめていくだけだ。

それらを支えておくだけの魔力は必要だけど、その魔力だって、戦闘で消費する量に比べれば軽いものだった。

僕はそのまま、次々に土砂を取り除いては崖をならすように埋めていく。

そして道のほうはほぼ取り除き終え、崖もある程度なめらかにできたところで、そのまま固定化していくことにする。魔法で補強してしまえば、しばらくは崩れることもないだろう。

「よし、あとは……」

最後に細かく残った土砂を取り除いてから、崩落の衝撃で乱れてしまった道も綺麗にならしていった。

「これで大丈夫ですか」

「本当にすごいわ、アキノリくん……こんなことができるなんて」

バレーナさんは驚いた様子で言った。

「これなら、物資の輸送にも影響は出ないわね。本当にありがとう」

そう言って、お礼を言ってくれたのだった。

役に立てたなら嬉しい。

こっちに来てから、最高の生活を送らせてもらっているしね。

「魔法を使えるっていうのは聞いていたけれど、こんな大規模なことまでできるなんて……」

「平和に暮らしていると、使う機会がないですからね」

こっちの世界であまり魔法が流行っていないのは、平和な証拠だろう。

男性不足という問題はあるものの、それは力で解決することじゃないしね。

そんなわけで、無事に道も通れるようになり、街への輸送もほとんど影響のない状態で再開できそう、ということだった。


道も直ったということで、僕らは馬車に乗って帰宅する。

「それにしても、本当にすごかったわ。まさかあんな規模の崖崩れが直せてしまうなんて……」

「昔とった杵柄ってやつですね。僕の魔法が役に立ってよかったです」

「おかげで流通にも影響はでなかったし……なにかお礼がしたいわ」

「お礼と言われても……」

僕は少し考えてみるが、すでにこちらに来てからはずっと、バレーナさんにお世話になりっぱなしだし、今の生活は充分幸せだ。

「僕としては、すでにバレーナさんのおかげで幸せですからね」

「もう、そんな嬉しいこと言って……」

バレーナさんは照れくさそうに笑った。

「欲しいものとか、してほしいこととかないの？」

「そもそもバレーナさんたちと、えっちなことをできるっていうのが、僕に取っては幸せなので」

そう言うと、照れている様子だったバレーナさんの瞳に、色がやどった。

「そんなこと言われたら、疼いちゃうわ」

そう言って見つめられると、意識してなかった僕もムラムラしてしまう。

「バレーナさん……」

僕は動いて、彼女にキスをした。

「ん、ちゅっ……♥　れろっ」

するとバレーナさんはそれに応えて、舌を伸してくる。

口を離すと、彼女はすぐに僕のズボンへと手をかけた。

僕も彼女の胸元をはだけさせ、その爆乳へと手を伸ばしていく。

「あんっ♥　ん、ふぅっ……アキノリくんのおちんぽ、もう大きくなってる♥」

柔らかなおっぱいを揉んでいると、彼女の手が僕の硬いところを擦ってくる。

「ね、アキノリくん、わたし、もう我慢できないわ……ほら……」

そう言って下着をずらすバレーナさん。

彼女のそこは早くも、うるみを帯びていた。

そんなエロい姿を見せられては、僕も我慢できない。

バレーナさんは馬車の揺れに注意しながら、僕の膝に乗ってくる。

そして足を広げると、そのおまんこをくぱぁと広げた。

「ああ、バレーナさん……」

「アキノリくん、ん、挿れるわね……」

彼女はそのまま、肉竿を膣口へとあてがい、腰を下ろしてくる。

「んっ……♥ はぁ、ああっ……」

そして僕らは、対面座位の形でつながった。

「あっ♥ ん、アキノリくん、腰、あぁっ……」

馬車の揺れで、肉竿がおまんこを勝手に突いていく。

「あんっ♥ あ、ん、ふぅっ、あぁっ……」

彼女はそのまま、僕のほうに手を置いて腰を動かし始めた。

「あんっ、ふぅっ、ん、あぁっ……♥」

「馬車の中でするなんて、ん、バレーナさんはエッチですね」

「アキノリくんだって、あんっ♥　おちんぽこんなに硬くしてるじゃない、んうぅっ……」

「あぁ……！」

バレーナさんの腰振りと馬車の揺れ。二つの動きが刺激となって襲いかかってくる。

蠕動する膣襞が肉棒を擦りあげていくが、そのタイミングが揺れで不規則になり、予想外の刺激がきた。

「あんっ♥　あっ、ん、ふぅっ……これ、すごいわね……♥　あぁっ……！」

バレーナさんも、その不規則な揺れを味わい、気持ちよさそうな声を出していく。

「あぁっ♥　ん、はぁ、あうっ、んっ……」

しかし馬車の中だということで、僕らの行為は、御者にもバレてしまっているだろう。

それがまた興奮を加速させていく。

「んはぁっ♥　あっ、アキノリくん、ん、あふっ、あぁっ♥」

「バレーナさん、そんなに動かれると、うっ……」

蠢動する膣襞の気持ちよさと、僕の目の前で揺れる爆乳おっぱい。

そして馬車の揺れによる刺激と、聞かれているという背徳感が重なっていくと、いつもより感じすぎてしまう。

「うっ、僕もう、あぁっ……！」

欲望が膨らみ、僕はバレーナさんのお尻をつかむと、引き寄せるように動きながら腰を突き上げる。

「んひぃっ♥　あっ、アキノリくん、そんなに、あんっ♥　突き上げられたら、わたし、すぐにイっちゃうっ……♥」

バレーナさんはそう言いながら、さらに激しく腰を振っていった。

膣襞の擦りあげを味わいながら、おっぱいも弾んでいく。

「あんっ♥　あっあっ♥　ん、はぁっ！　イクッ、ん、ふぅっ……あぁっ♥」

ベチンベチンと音が鳴りそうなほど、お尻を打ちつけてくるバレーナさん。

お互いに快楽を求め、腰を動かしていく。

「あぁっ♥　ん、はぁっ！　あうっ、もう、んぁ、イクッ！　あっ、ん、はぁっ、イクイクッ、イックウウゥウゥウッ！」

「う、あぁ……」

バレーナさんが絶頂し、膣内がぎゅっと締まる。

その締めつけに促される形で、僕も腰を思い切り突き上げると、そのまま射精した。

「んはぁぁぁっ♥　あっ、ああっ！　イってるおまんこに、熱い精液、びゅくびゅく出てるぅっ♥　ん、あぁぁっ！」

バレーナさんは中出し精液を受け止めて、さらに軽くイったようだ。

「あふっ……♥」

そしてそのまま僕のほうに、もたれかかってくる。

むにゅんっと、そのまま彼女の爆乳に顔を包まれながら、僕は受け止めたのだった。

●

そうして、街道を復旧してから数日後。

もうすっかりと流通は回復しており、周囲の人々は驚いているようだった。

僕の存在も実力もあまり知られてはいないため、不思議に思う人が多いみたいだった。

災害の現場を見た人は多くないので、土砂崩れは起こってしまったが、幸いにも直しやすいものだったのだろう、と思うようになっていったようだ。

そして今日になって、普段は見かけないような豪奢な馬車が屋敷へと到着した。

僕は部屋から、その様子を眺めている。

二階からなので、顔を上げない限り、向こうがこちらに気づくことはない。

出迎えたバレーナさんの前に馬車から降りてきたのは、赤い髪をハーフアップにした、派手なタイプの美女だった。

「アイビス様ですね」

僕の隣で窓の外を見ていたリベレさんが言った。

「アイビスさん？」

馬車もすごいし、バレーナさんと同じような貴族の人なのだろうかと思って尋ねると、リベレさんが説明してくれる。

「アイビス様は、この国の第三王女様です」

「お姫様なのか……」

なるほど、そう思って見てみれば、高貴なオーラというのが出ているかもしれない。遠目にもちょっと険しい感じの美人だから、近寄りがたいオーラを勝手に感じているだけかもしれないけれど。

「それにしても、お姫様がわざわざ尋ねてくるんですね」

僕のイメージでは、そういう人と会う場合、貴族のほうが王宮へと顔を出すものだと思っていたけれど……。何かの視察とかなのだろうか。

「アイビス様は、バレーナ様のご友人ですので」

「そうなんだ」

バレーナさんは、若くしてこの大きな街を任せられている優秀な貴族だ。王女様と友達でも、不思議はない。ただ、たしか男性の扱いについてとかでも、中央の方針にあまり賛同していないようだったけれど……。

そう思った僕の顔を見て、リベレさんがうなずいた。

「ご友人ではありますが、政策についての相談役でもあります。決して不仲というわけでは……。アイビス様は一時期、バレーナ様を王都に呼びたがっていました。バレーナ様は、それを断ったのですが」

そうしてアイビスさんについて聞いている内に、ふたりは屋敷の中へと消えてしまう。

まあ、王女様が立ち話なんてしないだろうし、それもそうか。

「アイビス様は、まだバレーナ様を近くに呼びたがっているみたいです。でも……おそらくは、今日訪れたのは、先日の崖崩れの件でしょう」

「この前の……？」

「はい。アキノリ様がすぐに直してくださった件です。初期の段階ですでに、王宮のほうにも災害報告がいっているはずなので、心配なさって来てくださったのでしょう」

「すぐに様子を見に来たってことは、アイビスさんはバレーナさんが大好きなんだね」

僕が直してしまったという続報までは、まだ届いていなかったのだと思う。その知らせより先に、アイビスさんはこちらへと急いでやって来た、ということなのだろう。もちろん、街道が塞がったままなら、馬車では来られなかったはずだ。それでもまずは向かってくれたということは……。

ほんとうに大切に思われているんだな、とか考えていると、今まさにそのアイビスさんと会っているはずのバレーナさんが、僕の部屋を訪れた。

「アキノリくん、ちょっといい？」

「どうしたんですか？」

まだ出迎えたばかりのはずだ。僕が尋ねると、バレーナさんが続けた。

「アイビス――わたしの友達に、会ってみてくれない？　ほら、街道を……アキノリくんの魔法で直してもらったでしょう？　そのことなの」

「いいですよ」

僕はうなずいた。

美女とお近づきになれるというのは大歓迎だし、バレーナさんのお友達というのも気になる。

「お姫様だから、ちょっと不器用な言い回しや強引なところもあるけど、悪い子じゃないの」

そう言って、バレーナさんは僕を連れていく。

リベレさんも僕付きのメイドとして、静かに後ろからついてきてくれるのだった。

そうして、アイビスさんのいる客室へと向かう。

「アイビス、こちらがアキノリくん。魔法で街道を直してくれた男の子よ」

「……初めまして、アイビスですわ」

「初めまして……」

前の世界でも王族と縁がなかったわけではないけど、改めて王女様を目の前にすると、ちょっと緊張する。

アイビスさんは鋭い目で僕のことを見た。凛々しい美人にじっと見られると少し怖い……などと思っていると、アイビスさんはバレーナさんへと視線を戻した。

「この子が、ひとりであの道を……？　それにしても、有力な貴族でありながら、あれほど男性を囲うのに反対だったあなたが、こうして男の子を紹介してくるなんてね……。わからないものだわ」

そう言ったアイビスさんに、バレーナさんが答える。

「わたしが反対していたのは、無理矢理男性を集めて、子作りの道具にすることよ。毎日無理に精を搾り取るのは健全じゃない、と言ったの」

アイビスさんは肩をすくめる。

「自由にさせてたら、男は全然子作りに協力的じゃないし、人口は減る一方よ。中央に集めて、優秀な遺伝子をちゃんと残していかないと……。それに、沢山孕ませてもらうために、健康状態には気を遣ってるし、無理なんてさせてないわ」

「それは身体面の話でしょう？　お金も稼げるとはいえ、ひたすら女性の相手をするのは、ほとんどの男の人にとっては楽しいことではないはずよ」

バレーナさんはそう言ったけれど、アイビスさんは首を横に振った。

……僕も、心の中では首を振る。この世界の美女が相手なら、そうでもないし。

「バレーナ。仕事も子作りも、楽しむものではないわ。男の義務よ」

「そう？　それじゃアイビスは、義務だけで子作りするの？　ぜんぜん楽しんでないの？　あんなに男を集めて、囲ってるのに」

バレーナさんが言うと、アイビスさんは小さく咳払いをした。

「た、楽しむのが目的ではない、という話よ。普通の仕事だって楽しみのために行うものではないけれど、仕事の中に楽しみを見いだすのはむしろ良いことだわ」

少し視線をそらしながら言うのは、ちょっとかわいかった。

「そ、それにわたくしはまだ……子作りは……」

なにやら、ぼそっと言っているが……。

ともあれ、きっとこういった話は何度もしていて、常に平行線なのだろう。

「それにしてもアキノリ」

「はいっ」

急にこちらへ話をふられて、びっくりしながら答える。

「わたくしのところに届いた報告だと、土砂崩れはかなりひどくて、月単位でかかりそう、という話だったのだけれど……」

「えっと……」

そうなんですか？　と僕はバレーナさんに目で尋ねる。

「そうね」

バレーナさんはうなずいて続けた。

「普通なら、まず土砂を運ぶための大がかりな機材が必要だったの。でも主要なほうの山道が潰れてしまっていたから……。本当に、どうしようかと困っていたところよ」

そう言って、バレーナさんがチラリとアイビスさんに目を向けた。

「それこそ、お姫様のアイビスが、すぐに駆けつけて来てくれるくらいの災害だったと思うわよ」

そう言われて、アイビスさんは少し気恥ずかしそうに目をそらした。

それもまた、かわいい。

「た、たまたま、そのタイミングだけ暇になったから、様子を見に来ただけですわ」

そんなアイビスさんは、恥ずかしさを取り繕うかのように、僕へキッと鋭い目を向けた。

これはやっぱり、ちょっと怖い。

「そんなことが本当にできたのなら、アキノリはすごい魔法の才能の持ち主ですわね」

「そうよ。アキノリくんはすごいの」

バレーナさんが自慢げに胸を張った。

その動きで、彼女の爆乳がたゆんっと揺れて、僕の注意はついそちらへと向いてしまう。

現代社会でなら、そんなふうにまじまじとおっぱいを見てしまうと、嫌な顔をされるものだけれど……。

僕の視線に気づいたバレーナさんは、むしろアピールするように胸を揺らして、僕を誘ってくるのだった。

うっ……。なまじ、何度もあのおっぱいに触っているからこそ、想像がかき立てられてムラムラとしてきてしまう。

そんなふうにバレーナさんと密かにいちゃついていると、アイビスさんが話を続けた。

「それほどの力を持っている男性なら、ぜひ王都のほうに来てほしいものですわ……」

そう言って、ちらりとバレーナさんを見る。

それからまた、アイビスさんは僕のほうに注意を戻して続けた。

「城なら健康状態を気遣った暮らしができるし、男性を守るために名医もいますわ。子作りには協力してもらうけれど、何も一日中、精液を絞り取るわけではないですし」

「なるほど」

とりあえず相づちを打ってみたけれど、僕としてはそんなに興味はないな、という感じだ。

まあ名医はいたほうが良いと思うし、子作り自体は嫌じゃないけれどね。

「それに、他の男性もいますわ。むしろ、女性と接する時間のほうが短いくらいです」

こちらの世界の男性にとっては、そのほうが良い……のかなぁ。ほんとうに、セックスが精神的にも負担になっているんだろう。僕には理解できないけれど。

子作りのときはもちろん女性と一緒だけど、普段は男同士で暮らせるから安心、ということか。

ただ僕としてはむしろ、それは……。

もちろん男同士のよさもあるけれど、美女に囲まれたハーレムライフを送っていて、その魅力にどっぷりとはまってしまっている。もう、手放したくない。

「だから、城にいらっしゃいません？」

そう誘われたものの、僕は首を横に振った。

「いえ、僕はバレーナさんたちと一緒に、ここで暮らしたいんです」

「アキノリくん……」

バレーナさんが嬉しそうに僕のほうを見た。

すると、アイビスさんが続ける。

「もちろん、バレーナたちも一緒に王都に来てもらって、かまわないですわ」

なるほど。そうくるのか。

僕の希望は、バレーナさんたちと一緒にいることだ。

例えば、バレーナさんが治める土地の変更などでここを離れるなら、ついて行きたいくらいに思っている。

そう考えると、アイビスさんの提案は正しい。

というよりも、だ。

多分だけれど、アイビスさんはバレーナさんを呼びたくて、僕はおまけなんじゃないだろうか。

たしかに、こっちの世界にとって男は貴重だ。僕の魔法もこちらとはだいぶ違うものらしいので、優秀な遺伝子を残すという点でも、王都に呼ばれるくらいの基準は満たしているのかもしれない。

けれど元々、男はある程度すでに集められているわけで、そこまで熱心に勧誘するほどのものではないのだろうな。

対して友人であるバレーナさんは、どうしても側に呼びたいところなのだろう。

それこそ、バレーナさん自身に危機はないはずなのに、治めている街の流通が危ういとなれば、すぐに駆けつけているくらいの思い入れなのだし。

と、そんなふうなアイビスさんだったけれど、バレーナさんはすげなく答えた。

「わたしはこの街を離れるつもりはないわよ？　せっかくある程度の自治を認めてもらっているし、大切な場所なのだから」

「……ということらしいので、僕もこっちに残ります」

僕が言うと、アイビスさんは残念そうな顔をした。

「そうなの。せっかくバレーナも男に興味を持って、良い傾向だと思ったのに、残念ですわ」

「それなんだけどね」

とバレーナさんが口を開く。

「わたしはアキノリくんが好きなだけで、中央に呼ばれている男の人たちには、昔のまま興味ないわよ？」

「そうですの？　いろんな男性がいますし、バレーナが気に入る子もいると思うけれど？」

そう言って、アイビスさんは僕を見る。

「アキノリみたいなタイプも、いると思いますわよ？」

そう言ったアイビスさんに、バレーナさんはため息をついて見せた。

「見た目の問題じゃないし、そもそもその、『こちらが一方的に選んで従わせる』っていう関係性が問題なのよ」

そう言ってバレーナさんが続ける。

「消極的な男性を義務でさせたって、いい状態にはならないわよ。一方的に性欲で押し切るより、一緒に気持ちよくなったほうが幸せだもの」

バレーナさんがそこで、色っぽく僕を見てくるのだった。

「そんなこと言っても、男性にはあまり、女への愛情も性欲もありませんわ」

「もちろん、そういう問題はあるけれど……。それならそれで、時間をかけて心を通わせれば違ってくると思うわよ」

そう主張するバレーナさんだけれど、アイビスさんのほうはあまり納得いってないようだった。

まあ、こっちの世界としては、それが普通の反応なのだろう。

男はあくまで、女性の意志に従って子作りする存在、ということだ。

そんなアイビスさんを見て、バレーナさんが僕に顔を近づけて耳打ちしてきた。

「ところでアキノリくん」

「はい……」

顔が近くて、少しドキドキしてしまう。

「アキノリくんから見て、アイビスってどう？」

「どう、というのは……」

バレーナさんの友達、という印象だ。

少し怖そうな雰囲気はあるけれど、美人でおっぱいも大きい。

内面的にも、バレーナさんを心配して駆けつけてきたりと、実はそんなに固い人でもないのかもしれない。

「アキノリくんが嫌じゃなかったら、あの子を抱いてみてくれない？　義務じゃないセックスを、教えてあげてほしいの」

そう言って、バレーナさんは僕の腿をなでてくる。

「もちろん、アキノリくんが乗り気じゃなかったら意味ないから、断ってくれてもいいけれど……アキノリくんなら、アイビスを感じさせられるでしょ？」

そう言って、僕の耳元でいたずらっぽく言う。バレーナさんらしいな。

「さっき、アイビスのおっぱいも見ていたみたいだし、ね……」

「うっ……」

まあ、大きなおっぱいが揺れていたら、男としては仕方ない反応なわけで。

それにアイビスさんは美人だし、バレーナさんの友達なら、悪い人でもなさそうだ。

というわけで、僕としては大歓迎なのだけれど……。

そんな僕の表情で、バレーナさんはわかったらしい。

「いいかしら？」

「はい、僕は望むところですけど」

「ありがとう。やっぱり、アキノリくんは特別な男の子なのね……。アキノリくんも、してみたいことがあったら何でも言ってね♪　どんなえっちなことでも、叶えてあげるから、ちゅっ♥」

そう言って、バレーナさんがキスをしてきた。

そんなことをされると、今すぐにでもバレーナさんとしたくなっちゃうんだけど……。

なんて思っていたら、バレーナさんがアイビスさんに向きなおる。

「ねえ、アイビス。アキノリくんは精力だって、普通の男の人とは違うのよ。義務でさせられるのとは大違いで、すごいんだから♪」

「そう、ですの……？」

バレーナさんの言葉に、アイビスさんは少し驚いたような顔になった。

「そんなふうには見えませんけれど……」

アイビスさんは僕を見て言う。

まあ僕は、いわゆる男らしい体型ではないしね。貧弱だというこの世界の男性と比べても、体つきでは負けるかもしれない。実際……バレーナさんたちに押し倒されちゃうことも多いしね。

そういうのも結構好きだったりするから、いいんだけど。

もちろん、自分が積極的に動いて、バレーナさんたちを喘がせるのも大好きだ。

だから精力については、まあ否定材料もないかな。

「そうよ。気持ちよくて、喘がされちゃうんだから♥」

この世界では、女性の性欲がとても強い。

女性同士だとそういった会話が当たり前……というのはわかってはいるけれど、やはりバレーナさんのような美女からそんな言葉が出てくると、興奮してしまう。

「心がつながるセックスはすごいのよ」

「そうはいってもあなた……ついこの前まで、たしか処女だったでしょ」

「そ、それはそうだけど……」

アイビスさんの言葉に、バレーナさんは少し押されてしまった。

そんなところもかわいいなぁ、と思って眺める。

「女の性欲はすごいから……バレーナは念願のおちんぽをハメハメされて、すぐ感じちゃっただけではなくて？」

アイビスさんは、ちょっとあきれたように言う。

しかしアイビスさんのような、高貴な美人があっさりと下ネタみたいなことを言うのは、不思議な興奮があるな……。

「そんなことないわよ……アキノリくんのおちんぽは、ほんとにすごいもの。それに、男の子のほうから、腰を振ってくれるんだからっ！」

抵抗するように言うバレーナさん。

子作りが国レベルの課題ということもあってか、そういったことへの抵抗感はないのだろうけれど……。

初めて会った美女に、自分たちの性事情を赤裸々に語られているというのは、恥ずかしいようなくすぐったいような気がする。

「こ、腰を……男性が、ですの……？」

そこでアイビスさんが動揺を見せた。

そして小さく喉《のど》を鳴らしながら、僕のほうを見る。その目には、驚きと期待、そして欲望が見えていた。この世界の女性の強い性欲……それをあらためて感じる。

そんな目で見られると、僕もむずむずとしてしまう。

「本当ですの？」

アイビスさんは僕に尋ねてくる。

「そうですね……バレーナさんに感じてもらいたいし……僕も気持ちいいので」

「まあ……」

アイビスさんは目を見開いた。

しかし、にわかには信じがたいらしく、表情を変えて続けた。

「口で言うだけなら、男性でも恥を堪《こら》えればできるでしょう。そんなことを言うほどに、あなたがバレーナを好きなのはわかりましたけど……」

そう言ってうなずいた。

「バレーナの友人として、良いことだとは思いますわ。実際は、そこまで男性が積極的ということは、きっとないにしても」

どうやら、アイビスさんには現実感のないことのようだ。

「あら？　それなら、試してみたらいいんじゃない？　アキノリくんのおちんぽで、アンアン喘がされちゃえばいいのよ」

「あなたね……わたくしは王女なのよ……？」

バレーナさんの言葉には、あきれたように言いながらも、その目は僕を捉えて欲望を見せ始めてはいる。やはり興味はあるんだろう。

「バレーナの大事な男の子なのに、そんなこと言ってわたくしに襲われても良いんですの？」

そう言いながらも、アイビスさんの目は性的な色を含んで、僕に向けられ始める。

そんな据え膳状態になってしまうと、男として飛びつきたくなってしまうものだ。

「アキノリくん、アイビスに本当のセックスを教えてあげてね♪」

「わかりました」

「あなたね……」

僕が応じると、アイビスさんは驚いてこちらを見た。

「女の性欲をご存じでしょう。どうなっても知りませんわよ？」

その言葉に、むしろ僕は期待してしまう。

「ふふ、アイビスこそ、アキノリくんのおちんぽに、わからされちゃうわよ♪」

そう言うと、バレーナさんはメイドさんに声をかける。

そしてメイドさんが、僕とアイビスさんをベッドのある客室へと案内した。

「それじゃアキノリくん、アイビスのこと、よろしくね」

「はい……あっ……」

そう言いながら、バレーナさんの手が僕の股間をなでてきた。

「ふふっ♪　アキノリくんのここも、頑張る気みたいね♪」

いたずらっぽく笑いながら、バレーナさんが席を外した。

メイドさんも同じく部屋を出る。

そしてベッドの側に、僕とアイビスさんだけが残されたのだった。

「まったく……バレーナったら。急に子作りに積極的になりましたわね」

アイビスさんは息を吐いた。先程よりは、少し冷静になったようだ。

「あなたも大変ね……。バレーナってば、きっとわたくしに彼氏を自慢したかったのよね」

そう言って、少し優しい目を向けた。

「しばらく、お話しでもしましょうか？」

そう言ってアイビスさんは軽くのびをした。

「あれ……？　えっちをするんじゃ……」

僕が言うと、アイビスさんは妙な表情をした。

「あのね……あまり、男の子がそういうこと言わないほうが良いですわよ？　この状況だけでも、本当は危険なんだから。自分を大切になさい」

そう言って、アイビスさんが続ける。

「わ、わたくしは経験豊富だし、余裕があるほうだからいいですけれど、そうでなければ、ふたりっきりというだけで、襲いかかってくるものなのですよ……。庶民の女はケダモノなのですから」

そう言ったアイビスさんは、僕を見る。

「わたくしだって、こうして据え膳されると……正直、バレーナの大切な男の子でなかったら、すぐにでも……搾りとっているところですわよ？」

「うっ……それはさすがに」

でも、こんなに美人の王女様に襲われるなんて、いいかも……。

アイビスさんがさらっとスケベなことを言ってくるので、僕の期待が高まり、血が集まってきてしまう。

「ほら……あなただって、実際は怯えてしまうでしょう？　バレーナは元々、子作りには消極的でした。男性が多くいる中央にくるのも断ったくらいだし、貴族ではあっても、きっと性欲の薄いほうなのよ。だからあなたとするときも、そんなに激しくないのでしょうけど……」

「いえ……」

多分そんなことはない。

バレーナさん自身も言っていたけれど、彼女は性欲自体は強いほうだと思う。

ほかのメイドさんや、一部の街の人ともしたけれど、バレーナさんは求めてくる回数も多い。

僕としてはそんなドスケベなバレーナさんが大好きだし、控えめということは決してないと思う。

「わたくしは……というか、大半の女性は違いますわ。男の子を見ると子作りしたくなって、ムラムラしてしまうものなのです。それをこうして抑えているのですから、あまり刺激するようなことは言わないことですわ」

「僕は、アイビスさんとしたいですけど……」

「っ、あなたね！」

「わっ……」

アイビスさんは素早く近づくと、そのまま僕をベッドに押し倒してきた。

手を僕の頭の後に回してくれた上で押し倒しているので、丁寧ではあったけれど、その目は先程まで以上に、メスのものになっている。

「わたくしの厚意をむげにするなら、その身体に教えて差し上げますわ……。あなたとバレーナが悪いんですのよ……。お、おちんぽなんて、見慣れていますのよ……」

そう言いながら、アイビスさんの手が僕の股間へと伸びる。

「あら……？　あなた、ここに何を隠していますの？」

「あぅ……」

彼女の手が、むんずっと僕の膨らみをつかんだ。

アイビスさんのしなやかな手が、期待でズボンを押し上げている肉竿を握る。

「何かを入れて、おちんぽを守ってますの？　それにしたってずいぶんと……」

「あぁ、アイビスさん、んっ……」

ぐにぐにとチンポを刺激される。

美女の手で触られれば、当然気持ちがいい。

しかし、本格的な愛撫というわけでもないので、生殺し的な切なさもある。

「今更そんな声をあげても、遅いですわよ。あなたの身体にしっかりと女の性欲を教えて差し上げますわ。さ、何を隠してるのか見せなさいな！」

そう言って、アイビスさんはズボンとパンツをまとめて勢いよく脱がせてきた。

「あっ……」

多少引っかかったものの、そのまま勃起竿が解放され、ぴょんっと飛び出してくる。

「きゃっ……え、こ、これ……」

アイビスさんは驚いたように、僕のチンポを眺める。

高貴な美人が肉棒をじっと眺めているというのは、かなりそそる光景だな……そんなことを考えていると、そこが反応して跳ねてしまう。

「ひゃっ、また動きましたわ……。これ、本当にあなたのおちんぽですの……？　こんなに大きくて、反り返って……あぁ♥　うそですわ……こんなの見たことも……」

彼女の手が、改めて肉棒を握った。その手つきは優しいものだ。

「ごめんなさいね。まさかこんなに逞しいおちんぽだと思わなくて……先程は乱暴に扱ってしまいましたわ……」

そう言って今度は、優しくペニスをなでてきた。愛しそうにさすっている。

くすぐったいような気持ちよさが広がる。

「おちんぽは男性の大事なところなのに……大丈夫でしたか？　王都の男性はみな……乱暴にすると直ぐに萎えてしまうのですわ……」

「は、はい、あのくらいなら僕は全然……」

むしろ刺激としては物足りないくらいだった。

「アキノリ、ごめんなさい」

彼女は僕の顔とチンポを交互に見ながら言った。

「ほんとうに、わたくしで興奮してくれているのですね……信じられない……。やはりわたくし、我慢できませんわ。あむっ♥」

「わっ……」

アイビスさんはいきなり口を大きく開けると、肉棒を咥えてきた。

「あむっ、じゅるっ……。あぁ、すごいですわ♥　お口に収まりきらない大きなおちんぽ……あむっ、じゅるっ……」

彼女はそのまま、肉竿をしゃぶってくる。

「じゅるっ、ん、ちゅぶっ……こんな逞しいおちんぽ見せられたら♥　ん、はぁっ……しゃぶりつくしてしまいたくなりますわ……♥」

そう言って、頭を動かし始めた。

「んむっ……じゅぶっ、ちゅぼっ……」

温かな口内に包み込まれ、唇が肉棒をしごいてくる。お姫様の大胆な奉仕に、一気に興奮する。

「あむっ、じゅぶっ、ちゅぼっ……」

アイビスさんはそのまま、頭を大きく動かしてフェラを始めた。

「じゅぶっ、ん、ふぅっ……こんな大きなおちんぽ、初めてで興奮してしまいます……じゅぶっ、ちゅぼっ……♥　ああ、とても美味しいですわ♥」

「う、あぁ……吸われちゃ……」

アイビスさんは嬉しそうにチンポをしゃぶってくれる。

その姿はかなりエロく、僕としても嬉しいものだ。

「じゅぱっ、ん、じゅぶぶっ……あぁ、お口の中がおちんぽでいっぱいに、ん、ふぅっ……じゅぶっ、ちゅっ、じゅぶっ……」

熱心に動くアイビスさん。そのフェラは、かなり勢いのあるものだ。やはり性欲が強いのだ。

「じゅぼっ、じゅぶっ、ちゅぱっ……」

それだけ僕に興奮して、夢中でしゃぶってくれているのだと思うと昂ぶってくる。

「あむ、じゅぶぶっ……♥　ふふ、どう？　んむっ、こんなにおちんぽしゃぶられたら、すぐにでも出してしまいそう？　そうなんでしょう？　男性はみんな……」

そう言って、アイビスさんは挑発するように僕を見た。

チンポを咥えながら、美女に見つめられる。それはすごく良い光景だけど。まだ頑張れる。

「じゅぶっ、じゅぽっ、ちゅぶぶっ！」

アイビスさんのフェラには勢いがある。

「じゅぶぶぶっ、ちゅぶっ……！　ほんとうに……何度も出せるのかしら？　ちゅぶぶっ……！」

やや勢いだけという部分もあるけれど、これはもしかしたら、こちらの男性が性欲控えめだからなのかもしれない。きっと丁寧な愛撫には、長時間は耐えられないのだろう。

「あむっ、じゅぼっ……こんなに硬くして……もう出ちゃいそうなのよね♥　じゅぼぼぼっ、ちゅぶっ、ちゅばっ……！」

アイビスさんのような美女が、一生懸命肉棒をしゃぶっているところは興奮する。

しかしそれだけに、テクニック不足は惜しいところでもあった。

「アイビスさん……」

「どうしたのかしら？　出ちゃうの？　んむっ、じゅぼっ……♥」

「舌を動かしてみてください」

「え？　舌を、こうかしら？　れろろろっ」

アイビスさんは僕が言った通りに、可愛らしい舌を動かして肉竿を舐めてくれた。

「あぁっ……そうです、うっ……」

「れろれろれろっ！　ぺろろっ、ちろっ……！　アキノリはこういうのが好きなのね……れろっ、ちろっ、ぺろっ……でも、無理してないかしら」

アイビスさんは肉棒を舐め回してくれる。

「そのまま、舌を使っていて下さい」

僕はそう言って、アイビスさんの頭をつかむと、自分でも腰を動かしていった。

「れろろろっ、んむっ……あっ、アキノリ……れろろろっ、そんな、腰を動かすなんて……。あんっ♥　おちんぽ、お口の中に押し込んできて、んっ♥」

「キツかったら言ってくださいね。我慢はしないで下さい」

僕は言うと、それでも彼女はさらに舌を動かしてくる。

「レロレロレロ！　ん、むしろ、おちんぽでお口を犯されて、興奮するわ♥　男の子がそんなスケベなことして、れろろろっ！　いけないわ♥」

「あぁ……すごいです」

嬉しそうに絡みついてくるアイビスさんの舌が、とても気持ちいい。

僕はそのまま、腰を振っていく。ややイラマチオっぽい形だ。

「じゅぼっ、ちろっ、れろろろっ……あんっ♥　おちんぽがお口どころか、んぁっ♥　喉まで、んむぅっ♥」

「大丈夫ですか？」

僕が尋ねると、アイビスさんはチンポに吸いついて答えた。

「じゅぶぶぶっ♥　ん、わたくしのお口、もっと犯してぇっ♥　おちんぽ元気になるように、いっぱい舐め舐めしますわっ、れろれろれろっ、ぺろろろっ！」

「はい……！」

アイビスさんの期待に応えるように、僕は喉奥まで肉棒を押し込んでいく。

「んむぅっ♥　んぁ、れろろろっ、ん、じゅぼぉ♥」

「あぁ……アイビスさん……！」

その気持ちよさに、僕の射精欲が増していく。

「れろろろっ、ちゅぶっ、ちゅぱ、んむっ、あぁ♥　アキノリのおちんぽから、とろとろの精液が出てますわ……」

「あう、それはまだ我慢汁ですっ……そろそろ本当に出そうです……！」

そう言って、僕は腰を動かしていく。

「んむぅっ……！　ん、れろっ、んぁ、そんな、んむっ、んっ、じゅぼぼぼっ♥　うそよ……せいえきって、これぐらいでしょう……ちゅぶっ、れろっ、ちゅぶぶぶっ！」

アイビスさんがさらに吸いついてきて、僕は限界を迎えた。

「イキますっ！　あぁっ！」

どぷっ！　びゅくびゅくっ！

「んむぅっ♥　ん、あぁっ……んぶぅっ……♥」

僕は王女様の口内に遠慮なく射精した。

「んんっ……んぐぅっ、んんっ……こほっ……♥」

勢いよく飛び出した精液が喉を打って、アイビスさんがむせてしまった。そのまま肉棒が口から吐き出されて、まだ止まらない精液が至近距離でアイビスさんの顔にかかっていく。

「ひゃうっ、ん、あぁ……♥　あん、こんなに……いっぱい♥」

顔射を受けて顔をどろどろにしながら、アイビスさんが声を漏らした。

「あぁ……すごい、こ、こんな射精……あぁ♥」

僕の精液で顔を汚し、片目をつぶっているアイビスさんはとてもエロい。

「あふっ……濃いですわ♥　やっぱり、うそみたい」

彼女はうっとりとしていたけれど、落ち着くと少し残念そうに言った。

「せっかくの精液が……。もったいないことをしてしまいましたわ……」

そんな彼女の汚れてしまった顔を、僕はタオルで拭《ぬぐ》った。

「ああっ……そんなに付いて……」

彼女はそこでも残念そうな声を出す。

そうか。こっちの世界の男性は、連続でできないから、一度出してしまうと普通は終わりなのか。

アイビスさんをはじめとした、国の中心にいる女性たちは男を集めてはいるけれど、貴重な存在だから無理はさせないと言っていた。

だから多分、性欲が強い女性でも我慢して、ひとりと連続ではえっちしないのだろう。

止まれない場合は、他の男性を呼ぶのかな？

だけど屋敷には男が僕しかいない。そのために、残念がったのかもしれないだ。

だけど僕としては、一発出したくらいではおさまらない。まだまだ、アイビスさんを気持ちよくしてないしね。だからそんな彼女を、今度は僕が押し倒していく。

「アイビスさん」

「あん♥　アキノリ……？」

彼女は押し倒されつつも、不思議そうに僕を見上げた。

「服、脱がしますね」

そんな彼女の服に手をかけ、脱がせていく。

「ん、別に服までは汚れてないわよ、んっ……」

ぼよんっと揺れながらおっぱいが現れ、僕の目は思わず奪われてしまう。

そのたわわな胸に両手を伸して、揉みはじめた。

「あんっ♥　あっ、アキノリ？　ん、ふぅっ……おっぱい、あぁっ……ん、はぁっ……♥　あなた、すごいのね、んっ……」

むにゅむにゅとかたちをかえる柔らかおっぱい。僕は両手でそれを楽しみながら、彼女を見た。

「ん、はぁっ♥　自分が終わった後に触ってくれるだけでもすごいのに、あんっ♥　手つきもいやらしくて最高ですわ……ん、はぁっ……♥」

アイビスさんはそう言って感じてくれているような。

「乳首、たってますね」

「んはぁっ♥　あっ、そんなこと、あんっ……乳首をいじる男なんていままで……、ああっ♥」

くりくりといじると、アイビスさんはかわいらしく反応する。

「あっ、あぁっ♥　すごいですわ、ん、男の子がこんな、あんっ、えっちなことをしてくれるなんて、あうっ、イっちゃいそう……♥」

アイビスさんは快感に身体をくねらせた。

「あぁっ……ん、ふぅっ、あっ、だめっ、ん、はぁっ♥　わたくし、あっ、ん、はぁっ……！」

彼女の声が途切れ途切れになっていく。それだけ感じてくれているということだろう。

「んはぁっ♥　あっ、もう、ほんとに、ふぅっ、イっ、ちゃいますわっ……♥　んぁ、ああっ、ん、くぅっ、ふぅ、んっ♥」

おっぱいを揉み、乳首を刺激しながら、アイビスさんの足の間へと膝を割り込ませる。

「んはぁっ♥　あっん、ふぅっ……んあぁっ！」

そして膝を使って、彼女の股間を擦っていった。

「あぁっ♥　そこ、ん、はぁっ！　そんな、同時に刺激されたらぁっ♥　んはぁっ、あっあっ♥　もう、だめっ……！」

アイビスさんが嬌声をあげながら、自分でも腰を動かして僕にこすりつけてきた。

「あふっ♥　あっ、ん、はぁっ……！　あぁっ、もう、あぁっ、だめっ、ん、あぁっ！　イクッ！」

彼女が動くと、そのおっぱいも弾んでいく。美女が自ら乱れる姿は、僕を興奮させていく。

「あなんっ♥　あっ、んはあぁっ！　あぁ、イクッ、んぁっ、イクイクッ！　んくうぅぅぅっ！」

そして身体を跳ねさせながら、アイビスさんが絶頂した。

「あぁっ！　ん、はぁっ♥　あうぅっ……！」

びくんと跳ねて、アイビスさんは力を抜いていった。

「はぁ……はぁ、ああっ♥」

僕は身体を一度起こして、彼女を眺める。ベッドの上で仰向けになり荒い息を吐くアイビスさん。

王女様の引き締まった、美しい裸身。その姿はとてもエロく、僕ももう我慢できない。

「あふっ……すごかったですわ、アキノリ……ん、わたくしの負けですわ……あうっ」

そして潤んだ瞳で僕を見上げる。

「今度は、アキノリのおちんぽをわたくしに挿れてください……。疲れたでしょう？　射精して終わりに……」

「ダメですよ」

「えっ……」

僕が言うと、アイビスさんは残念そうな顔になった。

だけど、僕が言いたいのはそうじゃない。

「入れるだけじゃ、ダメです。こんなところじゃ終われません。ほら、見てください」

僕はそう言って、寝ている彼女にずいっとチンポを突きつける。

彼女のエロい姿を見て、当然ガチガチに勃起している。

「え、あっ……♥　嘘、ですわよね、これ……」

「こんな状態でお預けなんてひどいですよ……しっかりと今から、アイビスさんのおまんこで気持ちよくして下さい」

「あぁ♥　そんな、ん、わたくし、あふっ……♥」

彼女は期待に満ちた目で僕を見つめる。

僕はそんな彼女の、愛液でぐちゅぐちゅになっていたショーツを脱がせていく。

「あぁっ……♥」

とろりといやらしい糸を引きながら、アイビスさんのおまんこが現れる。

その濡れ濡れおまんこを、僕は軽くいじった。経験あるとか言っていたが、驚くほど綺麗だ。

「あんっ♥　あっ、そんなとこ、触るなんて、んはぁっ……」

王女様の秘裂は、初々しいピンク色だった。

「触るどころか、今からいっぱい突きまくるんですけどね」

僕が言うと、アイビスさんは顔を赤くしながら言った。

「そんなえっちなこと言ってはダメですわ……んっ、それだけで濡れちゃう……♥」

アイビスさんはそう言いながら、僕を求めるように足を開いた。

生まれたままの姿で、その奥を見せてくれようとする彼女。

「こんなに大きいの、入るのかしら……。今までの男性は、もっと小さいし、入口ですぐに出してしまいましたのよ……」

アイビスさんは僕の肉棒を見上げながら言った。クパぁと開かれたアイビスさんのおまんこは、とても清純だ。一見すると、経験者には見えないな。

「待ってね……わたくしが」

そう言って、彼女は身を起こそうとする。

こちらでは体位は、女性上位が普通だからだろう。

僕はそんな彼女に覆い被さると、そそり勃つ剛直を膣口へとあてがった。

「あぅっ。熱くて硬いのが、あ、当たってますわ」

「このままいきますよ」

「こ、このかっこうで……？　えっ……♥」

アイビスさんは驚きとともに、期待の目で僕を見た。

その表情はかわいらしく、僕の興奮は増していく。そのままそっと、腰を進めていった。

「んはぁっ♥」

ぬぷり、と。陰唇をかき分け、亀頭が膣内に入っていく。

「あぁっ♥　ん、はぁっ、すごいっ。こ、これがおちんぽ……♥　太いのが、わたくしの中、んっ、押し広げて、んぁっ！　ああ、そんなところまで」

アイビスさんのおまんこが、肉棒をしっかりと咥えこんでいった。

「あふっ、すごいですわ、お腹の中が、あっ、んぁっ……アキノリのおちんぽで、埋まっちゃってってます……♥　あっ……くぅ」

熱くうねる膣襞が、肉竿を刺激する。アイビスさんは、少しだけ、痛そうな顔をした。

……もしかして。僕は勢いを弱める。

「あぁっ♥　ん、はぁ……大丈夫ですわ。入れられただけでも、んぁ、わたくし……んぅっ……」

蠕動する膣襞が肉竿を締めつけている。その気持ちよさを感じながら、僕は言った。

「わかりました。動きますよ」

僕はゆっくりと腰を動かし始める。

「あぁ♥　ん、はぁっ……」

たっぷりと愛液があふれているおかげで、肉竿が膣道を往復していく。まるで処女を貫いたようなキツさだった。ぬぷっ、じゅぽっ……といやらしい音を立てながら、チンポが膣内を擦りあげる。

「あぁっ……♥　ん、はぁっ、あうっ、わたくしの中を、あぁっ……男の子のおちんぽが動いて、あっ、ん、はぁっ！　こんな……おちんぽに責められてしまうなんて……ああ♥」

絡みついてくる肉襞を感じながら、抽送を行う。

「あぁ、こ、こんなに逞しいおちんぽが……あうっ、だ、ダメですわ……わたくし、んぁ、あっ♥ああぁぁぁっ！」

アイビスさんは嬌声をあげながら、肉棒を締めつけてくる。

「あっ♥　ん、はぁっ、んうぅっ、あぁっ。殿方がそんな♥　力強く腰を振るなんて、んぁっ！」

アイビスさんの喘ぎがだんだんと激しいものになっていく。

「こ、こんなのっ♥　あっ、わたくし、恥ずかしい顔になってしまいますっ、ん、あっ、はぁっ♥」

「感じてるアイビスさん、かわいいですよ」

僕は唇を寄せ、彼女の頬にキスをする。

「あぁっ♥　アキノリ、んぁっ♥」

彼女はうっとりとこちらを眺める。僕はそんなアイビスさんに何度もキスをした。

「ちゅっ♥　んんっ……！　んぅぅぅっ♥」

彼女の身体が跳ねる。

「あぅっ、ん、あぁ……キスされて、あっ♥　イってしまいましたわ……♥」

アイビスさんはとろけた顔で言った。

それと同時に、おまんこはきゅうきゅうと締めつけてくる。

僕はそのまま腰を振り、抽送を続けていった。

「んはぁっ♥　あっ、あぁっ……アキノリ、すごいっ、ん、こんなに、あぁっ、気持ちいいなんて、んはぁっ♥　これがセックス……彼女の言っていた、ほんとの……」

最初は心配していたアイビスさんも、すっかりと感じているようだ。

「んはぁっ♥　あっあっ♥　イクッ！　また、んぁ、ああっ、アキノリにパンパン腰振られて、んあ、イってしまいますわ」

「いいんですよ、好きにイって」

そう言って僕は腰を振っていく。

「んなああっ！　あっあっ♥　イクッ、ん、んくぅぅぅっ！　男性から犯されて、こんなに……

気持ちいいなんて……っ！　ああ♥」

アイビスさんは身体を跳ねさせる。彼女が感じて乱れるほどに膣襞が絡みつき、肉棒を刺激していた。僕はその気持ちよさを感じながら、さらにピストンを繰り返す。

「んひぃっ♥　あっ、んぁっ、こんなの、んぁ、ああっ♥」

アイビスさんはドスケベな表情で感じまくっていた。

「おちんちん、すごすぎですわぁっ♥　あっ、気持ちよすぎて、んぁ、おかしくなりゅっ♥」

僕はパンパンとリズムよく腰を打ちつけて、彼女のおまんこをかき回していく。

「こんなセックス知らないぃっ♥　んぉっ♥　おぅっ、んあぁっ！　こ、これは、子作りでは……こんなに気持ちいいこと……何度もなんて……うそですわ♥」

エロい表情で嬌声をあげるアイビスさん。

最初の、ちょっと怖そうな雰囲気はすっかりなくなっていた。とてもかわいらしい女性だ。

真っ白なお腹の奥に、射精したい。僕の中出しで、この王女様を満たしたかった。

「あぁ、すごすぎですわっ♥　本当にこんな、んぁ、んうぅっ！」

アイビスさんは感じ入り、とろけきった顔になっている。

「あぁっ♥　おちんぽすごすぎぃっ……♥　こんな気持ちいいの、虜になってしまいますわっ♥」

「エロく乱れているアイビスさん、かわいいですよ」

「んあぁっ♥　そんなこと言われたら、んぁ、ああっ、イク！　ん、ああっ！　んはぁっ♥」

連続イキをしながら、アイビスさんが身もだえる。

すっかりと快楽に溺れている彼女。愛液のあふれるその蜜壺を、肉棒でかき回していった。

「あっあっ♥　もう、だめぇっ、すごすぎて、ん、はぁっ……イクッ！　イキながらイってしまいますわ、んくぅぅっ♥」

蠕動する膣襞が肉棒に絡みついてくる。

「う、僕もそろそろ……くっ」

そんな絶頂締めつけの連続で、僕も射精欲が高まっていく。

「んはぁっ♥　あっ♥　いま、中に出されたら、わたくし、あっ、ふぅっ、あぁっ……んくぅっ！」

「それなら、抜いたほうがいいですか？」

僕が尋ねると、アイビスさんは大きく首を振った。

「ダメですわっ♥　だしてくださいっ、ん、はぁっ♥　わたくしの中に、アキノリの子種、いっぱいそそいでぇっ♥　わたくしを……愛して下さいませ♥」

そんなえっちなおねだりをされると、僕としても止まれなくなる。

ラストスパートで、そのまま腰を動かしていった。

「あっ♥　すごい、おちんぽ、奥までズンズン来て、ん、はぁっ！　イクッ！　んぁ、ああっ！」

「うっ、このまま出しますよ！」

僕は膣襞を擦りあげ、膣内をかき回していく。

「んはぁっ♥　あっあっ♥　おまんこ、気持ちよすぎて、んぁっ！　あっあっ♥　イクッ、イクイクッ、イックウウゥゥウゥッ！」

「う、ああ！」

どびゅっ！　びゅくびゅくっ、びゅくんっ！

アイビスさんの絶頂にあわせて、僕も射精した。

「んはぁあっ♥　あっ、ああっ！　すごいのぉっ♥　熱い静止、びゅくびゅくいっぱい出てるっ♥　わたくしの中に、あっ、んはぁあぁぁぁっ！」

「うぁ……！」

射精中の肉棒を絞り上げられて、その気持ちよさに声を漏らしてしまう。

「あふっ、ん、あぁ……♥　子作りの行為が、こんなに気持ちよくて、幸せだなんて、あぁ……」

肉棒引き抜くと、アイビスさんはぼんやりと呟いた。僕はそんな彼女の隣へと転がる。

「アキノリ……わたくし、バレーナの言っていたことがわかりましたわ」

彼女は僕を見つめた。

「アキノリとのセックスはとても気持ちよくて、幸せで……義務のセックスとはまったく違うものなのですね」

そう言って、彼女が抱きついてくる。僕もアイビスさんを抱きしめ返した。

「こんなの知ってしまったら、もう戻れませんわ……。アキノリはこれからも、わたくしとしてくださる？」

「もちろん。アイビスさんならいつでも」

そう言うと、彼女は幸せそうに微笑むのだった。

第五章　美女たちとの暮らし

馬車が何台も街にやってきて、急ピッチで新しい屋敷の建設を始めていた。

というのも、アイビスさんがこちらに越してくることになったからだ。

元々、第三王女とはいえ女王の後継者ではないアイビスさんは、いずれ一貴族として独立する予定ではあったらしい。

そこで予定より早く王都を出ることにしたというのだった。

そして、この街に越してくることになったアイビスさん。

自分の屋敷ができるまでは、バレーナさんの元に住むようだ。

アイビスさんは僕とのセックスがすっかりと気に入り、バレーナさんの言う心のつながりを理解できたことで、中央にいるよりこちらが良いと思ったみたいだった。

バレーナさんも、それを喜んでいる。

もちろん、僕もこうしてアイビスさんが来てくれるのは嬉しいことだった。

ふたりが楽しく過ごしているのは良いことだ。

そして僕はといえば、相変わらず女性たちに求められる、ハーレムな暮らしを送っているのだった。この世界の男性基準でみれば、ひとりで多くの女性に囲まれすぎていて、精神的にも精力的にもつらそうに思えるかもしれない。

けれど僕にとっては、美女に囲まれる最高のハーレムライフだった。


そして夜になると、今日はバレーナさんとアイビスさんがふたりで僕の部屋を訪れたのだった。

「アキノリくんなら、わたしたちふたりが一緒でも大丈夫だもんね♪」

「ほ、本当に大丈夫ですの……？」

「もっとアキノリくんのこと、アイビスにも知ってほしいわ」

楽しそうなバレーナさんと、少し僕を気遣う様子を見せるアイビスさん。

この世界の男性を見ているからこそ、まだ僕の精力について心配する部分もあるのだろう。

ふたりの女性となんて、こっちの男性なら絞り尽くされてしまって、大変だろうからね。

けれど僕にとっては……。

ものすごく興奮するご褒美みたいなものだ。

もちろんきっと、限界まで搾り取られてはしまうけれど、それも男冥利に尽きるというもの。

そんなことを考えている内に、ふたりが僕に迫ってくるのだった。

「それじゃ、脱がせちゃうわね♪」

バレーナさんが素早く僕の服に手をかけ、脱がせていく。

何度も身体を重ねていることもあり、今ではすっかりと慣れた手順だ。

彼女はすぐに僕を脱がせきってしまう。

「まだ大きくなってないおちんちん、おっぱいで挟んでいくわね♪」

そして自らの服もはだけさせた。

たゆんっと揺れながら現れるおっぱいに、僕の意識が奪われる。

その爆乳を持ち上げたバレーナさんが、そのまま僕の肉竿を包み込んだ。

「あぁ……」

むにゅんっ♥　と柔らかな乳房がペニスを包み込む。

「んっ♥　アキノリくんのおちんちん、おっぱいに埋もれちゃった♪」

彼女が楽しそうに言いながら、まだ膨らんでいない肉竿を胸の谷間で刺激してくる。

「あぁ……バレーナさん……」

当然、そんなえっちなことをされてしまうと、僕もすぐに勃起してしまう。

「あんっ……おっぱいの中で、おちんちんムクムク大きくなってる♥」

「アキノリは本当にすごいですわね」

その様子をながめながら、アイビスさんが言った。

「ん、硬くなったおちんぽがおっぱいを押し返してきちゃう。えいっ、むぎゅー♥」

「あぅっ……」

柔らかおっぱいが、むにゅむにゅと肉棒を圧迫してきた。

その気持ちよさに、声を漏らしてしまう。

「ん、しょっ……」

バレーナさんは自らの爆乳を両手で支えながら、肉竿を圧迫してくる。

「むにゅむにゅー、ぎゅっぎゅっ♪」

「あぁ……」

「おっぱいの谷間から、亀頭がぴょんって飛び出してきたわね♥」

バレーナさんが嬉しそうに言うと、アイビスさんがのぞき込むようにした。

「本当……バレーナのおっぱいから飛び出してくるなんて、逞しいおちんぽね」

爆乳に埋もれ、むにむにと刺激されるのはとても気持ちがいい。

激しい擦り上げなどとは違い、すぐ射精につながるタイプの気持ちよさではないが、やんわりとした刺激はずっと浸っていたくなるようなものだ。

僕はその心地よさに身を任せていった。

「ん、熱いおちんぽ♥　むぎゅー」

爆乳がむぎゅむぎゅと圧迫してくるのは、とても気持ちがいい。

「ほら、アイビスも」

「わかりましたわ」

そう言って、アイビスも胸元をはだけさせて、その大きなおっぱいを露出させた。

そしてそのまま、こちらへと近寄ってくる。

「んっ……」

バレーナさんが肉竿を谷間から解放すると、今度はふたりで左右から大きなおっぱいを押しつけてくる。

「うわっ……」

むにょん、ふにょんっ。と、両側からふたりのおっぱいに包み込まれた。

「ん、こんなことできるのも、アキノリだからですわね」

「むぎゅー♥　そうね。普通の男の子はきっと、もう出しちゃってるものね」

「あぁ……ふたりとも、うぁ……」

ふたりの美女からおっぱいを押しつけられ、僕の肉棒はその乳房に埋もれてしまう。

むぎゅむぎゅとおっぱいに包まれる気持ちよさはもちろん、こうしてふたりが胸を寄せ合っているという光景もかなりエロい。

おおきなおっぱい同士が押しつぶされて、柔らかくかたちを変えている。そんなおっぱいの中に、肉竿を挟まれているのだ。気持ちいいに決まっている。

「むぎゅぎゅっ♪」

「あっ、バレーナ、そんなに押しつけられたら、んっ……」

「どうしたの？　ほら、むぎゅぎゅっ♪」

「ちょっと、わざとやって、んっ♥」

「おぉ……」

バレーナさんがおっぱいを動かして、アイビスさんが声を漏らした。

おっぱいがこすれあって気持ちよくなってしまったのだろう。

「ほらほらっ♪」

「あっ、もう、んっ……」

バレーナさんの攻撃に、アイビスさんが気持ちよさそうな声を出す。

「ん、わたくしも、えいっ♪」

「あんっ♥」

そしてアイビスさんも反撃に出て、おっぱいを動かしていく。

「もう、それっ♪」

「あっ、ん、えいっ」

ふたりはじゃれ合うようにおっぱいを押し付け合いながら、感じてえっちな声を出していく。

百合っぽい姿だけでも興奮するのだが、ふたりのおっぱいには、僕の肉棒が包まれているのだ。

「んっ、あんっ♥」

「あぁ……ん、ふぅっ♥」

僕のチンポを挟んで、じゃれ合っているふたりの美女。

彼女たちが互いを刺激し、身体を揺らすたび、僕の肉棒は柔らかな圧迫にもてあそばれる。

「あんっ♥ ん、ふぅっ……」

「んんっ……あっ♥」

「あぁ……」

ふたりのおっぱいに包み込まれて刺激され、僕も思わず声を漏らしてしまう。

「ふふっ、アキノリくん、気持ちよさそう」

「わたくしたちのおっぱいに挟まれて、感じているのですね」

彼女たちは楽しそうに言いながら、僕を見つめた。

「それじゃあ、もっと動いてあげるわ、ほらっ♪」

「こうして、おちんぽをしごくように、んっ……」

彼女たちはそのままぐいぐいとおっぱいを動かして、肉棒を刺激してくる。

「あうっ……」

その気持ちよさに、思わず声が漏れる。

「ふふっ、おちんぽ、ぴくんって跳ねたわね」

「あんっ♥　元気なおちんぽですわ♥」

ふたりは楽しそうに言いながら、その豊満なおっぱいを動かしていく。

「ほらほら、むぎゅー」

彼女たちはますます盛り上がって、パイズリを続けていく。

「ガチガチのおちんぽ。おっぱいに埋もれて気持ちいいのね？」

「先っぽから我慢汁があふれてきましたわ……」

アイビスさんがそう言うと、バレーナさんもその乳肉を動かしながら言った。

「本当……ほら、にちゃにちゃってえっちな音がしてる♪」

「んっ♥　とろとろの先走りで、わたくしたちのおっぱいがぬるぬるになってしまいますわ♥」

ふたりはいやらしい音を立てるようにしながら、おっぱいを動かしていく。

「ん、しょっ、えいっ♥　こうして胸を上下に動かすと……」

「あんっ♥　ちょっとバレーナ、そんなふうに動かしたら、わたくしまで、んっ……」

バレーナさんが大胆におっぱいを動かすと、僕の肉棒がしごかれて気持ちがいい。

それと同時に、アイビスさんもおっぱいを擦られて気持ちよくなっているようだ。

「またそうやって……えいっ！」

「んぁっ♥　ふふっ、アイビスもどんどんえっちになってるわね♪」

ふたりはまたいちゃつきはじめ、互いの胸を刺激し合う。

今度は先程よりも大胆に胸を動かしているので、その分刺激も強い。

「ん、しょっ、えいっ♥」

「あぁっ♥　ん、ふぅっ、あんっ♥」

ふたりのおっぱいが肉棒を擦りあげ、僕は精液が上って来るのを感じた。

「ん、しょっ……あぁ♥　おちんぽ、そろそろイキそう？」

「はい……うぁ……」

「それじゃ、もっと速く動かすわね」

「ん、わたくしも、えいっ♥」

「あぁ……！」

ふたりが肉棒を勢いよくしごきあげ、僕も限界を迎える。

「もう、出ちゃいます……！」

「いいのよ、だして♥」

「わたくしたちの胸に、アキノリの熱いザーメン、だしてくださいませ！」

「あぁっ！」

どびゅっ、びゅくんっ！

僕はふたりのおっぱいで射精した。

「きゃっ♥」

「ふふっ、すごい勢い♥」

勢いよく飛び出した精液が、谷間から飛んで彼女たちを汚していく。

「ぷりぷりの精液、れろぉっ♥」

「あんっ♥　わたくしも、ぺろっ♥」

ふたりは跳ね飛んだ精液を舐め取っていく。その仕草はエロく、僕の欲望をまた刺激した。

「それに、さすがアキノリくん♪」

「一度出したくらいでは、おちんぽギンギンのままですわね♥」

そんな僕に、彼女たちが迫ってくる。

「アキノリくん、そのまま横になって？」

「はい……」

僕は射精の余韻に浸りながら、エロいお姉さんに言われるまま、横になった。

僕が横になると、彼女たちが側に膝立ちになる。

「ん、しょっ……」

そしてふたりで一緒に、僕をまたぐようにした。

下からふたりの全裸の美女を眺めるのは、かなり眼福な光景だ。

大きなおっぱいも強調されて見えるし、僕をまたいだことで、そのおまんこが無防備にさらされている。もうすっかりと潤い、愛液を垂らしているおまんこだ。

そんな姿を見せつけられては、僕のモノもまたやる気になってしまう。

「ん、元気なおちんぽですわね♥」

アイビスさんがそう言いながら、屈《かが》み込んで肉棒に触れる。

しなやかな指が亀頭のあたりをなでるようにしたので、肉竿が期待に跳ねた。

「あぁ♥　こんなおちんぽを見せられていては、我慢できませんわ♥」

「ね、アキノリくん」

そしてバレーナさんが僕の顔あたりに向かって、腰を下ろしてくる。

足を広げて座り込むかたちになるのに合わせて、その陰裂がいやらしく口を開ける。

「んっ……♥　あふっ……♥」

そんな彼女の身体を引き寄せるようにすると、バレーナさんはすっかり、僕の顔の上に座り込んだ。そのおまんこが、僕の顔を覆ってしまう。

「あんっ……♥」

僕はすぐに舌を伸ばすと、割れ目を舐めあげた。

「アキノリくん、んっ♥」

愛液を舐め取りながら、潤んだ割れ目へと舌を這わせていく。

「あぁ……♥ ん、アキノリくんの舌が、あっ♥ わたしのアソコを、ん、はぁっ……♥ すごい、ペロペロされちゃってる……♥」

バレーナさんは喘ぎながら、さらに愛液をあふれさせる。

そんな彼女への責めを行っていると、アイビスさんに握られていた肉棒に、熱くぬめった膣口が押し当てられた。

「アキノリ、いきますわよ……ん、あぁっ♥」

そしてぬぷり、と肉棒が蜜壺に飲み込まれていくのを感じた。

「あぁ、ん、はぁっ……♥ 熱いおちんぽが、ん、あぁっ、わたくしの中に、入って、ん、あぁっ、んはぁっ……♥」

膣襞が肉棒を包み込んでくる。

その気持ちよさを感じながら、僕は舌を動かした。

「あふっ、ん、はぁっ♥」

顔の上では、バレーナさんが気持ちよさそうな声をあげる。

「あふっ、ん、はぁっ、アキノリくんの舌が、あっ♥ んっ……」

そうしている内に、肉棒のほうにも強い刺激が来る。

「あふっ、ん、あっ、あぁっ♥　おちんちん、こんなにぴったり入ってくるものだったなんて……」

見えないが、アイビスさんが声をあげながら、腰を振っているようだ。うねる膣襞が肉棒を刺激し、締めあげてくる。

「あぁっ♥　ん、はぁっ……、おちんぽ、わたくしの中を、いっぱい、ん、はぁっ、あぁっ……！」

アイビスさんがエロい声をあげながら、まだまだ僕のチンポで驚くばかりだ。

「んぅっ、ふぅ、あぁっ……！　アキノリくん、あんっ♥　ん、はぁっ……！」

それを聞きながら舌を動かしていくと、バレーナさんも喘ぎ声をあげていった。

おまんこがひくひくと蠢いて、舌におねだりをしてくるようだ。

僕はその期待に答えるように、舌先で襞《ひだ》を舐めあげていく。

「んはぁっ♥　あっ、ん、ふぅっ……」

「あんっ♥　あっ、ん、はぁっ……♥」

僕の上で、ふたりがかわいい声を出して感じている。

男として幸せな状況だ。その幸福感と気持ちよさを感じていると、バレーナさんが動いた。

「ん、ふぅっ……♥　アイビス、えいっ♪」

「ひぅっ！　あっ、おっぱい、だめぇっ……♥　んぁ、ああっ」

僕の視界はバレーナさんのおまんこに塞がれていて見えないが、どうやら彼女がアイビスさんのおっぱいに触っているらしい。

僕の上で、美女ふたりがエロいことをしているのだと思うと、ますます興奮してしまう。

「あっ♥　ちょっ、ん、はぁっ……♥」

「ふふっ、おっぱい気持ちいいかしら？　ほら」

「あんっ♥」

「んむっ……ぷは！」

胸を刺激されて気持ちよくなったことで、アイビスさんの腰振りペースが変わる。

それが予想外の刺激となって、僕に襲いかかってくるのだ。

「んはぁ、あっ、もうっ、んっ……」

「ふふっ、ほら、乳首も……」

「あんっ！　あっ、バレーナ、んっ……」

アイビスさんが責められている。

かわいい声をあげて感じるアイビスさんに僕の興奮も高まり、下から腰を突き上げる。

「んはぁぁぁっ♥　あっ、アキノリ、んぁ、そんな、おちんぽを突き上げちゃダメですわ、んぁ、あっ、あうっ♥」

「もう、急に身体を跳ねさせたらびっくりするじゃない。えいっ♪」

「んぅっ、乳首、あっ、ん……」

アイビスさんのおまんこがきゅっと締まり、肉棒を刺激する。

「あぁっ♥　そんなふたりして、ダメですわ、わたくし、んぁ、ああっ……♥　そんなにされたら、ぅっ、イってしまいますわっ、んっ……♥」

「そうなのね。それじゃ、アイビスがイっちゃうところ、見せてもらおうかしら。ほら、むにゅむにゅー♪」

「あうっ、ん、はぁっ……」

アイビスさんの膣内がひくひくと蠢く。

同時に責められて追い込まれるアイビスさんもかわいい。しかし、バレーナさんももっと感じさせたいところなので、僕は舌先を彼女の最も敏感なところ――クリトリスへと向けた。

「どう？　いっぱい感じ……ひゃうっ♥」

ぷっくりと膨らんだクリトリスを刺激すると、バレーナさんが嬌声をあげた。

僕はそのまま、舌先で押したり舐めたりと、その淫芽を責めていく。

「あんっ♥　あ、んぁっ、アキノリくんっ……！　そこ、あっ、んぁ、クリちゃん、そんなにいじられたらぁ♥　ん、はぁっ……！」

そう言いながらも、もっとして欲しいとばかりに僕にクリトリスを押しつけてきた。

もちろん、僕はその期待に応えて敏感な陰核を責めていく。

「あぁっ♥　ん、はぁっ……」

「あら、バレーナもずいぶん気持ちよさそうね。わたくしもさっきのお返しに、あなたの乳首を、くりくりしましょうねs♪」

「んぁっ♥　あっ、ちょっ、ん、はぁっ♥　今は、あっ♥　いじられてるからだめぇっ……♥　そんなにあちこち、ん、はぁっ……」

「こうして責めるのもなかなか楽しいものね。ほら、どうかし、らぁっ♥　あっ、アキノリ、んぁ、あぁんっ、ああっ♥」

今度はアイビスさんに余裕が出てしまったので、僕は腰を突き上げておまんこを貫いた。

「あふっ♥　ん、そんなに突き上げるの、ダメですわ、んぁ♥　男の子が、あっ♥　そんなえっちな腰ふりを、んほぉっ♥　いままでの男性のおちんぽは……奥になんて……こなかったのにぃ♥」

僕が腰を突き上げていくと、アイビスさんが喘いだ。

たしかに、初めて入れたときも少し痛がっていた。アイビスさんは、ほとんど未経験のようなおまっこだったたな。王女様の子宮口を初めて突いている男として興奮し、腰と舌を必死に動かして、ふたりを気持ちよくしていく。

「んはぁっ♥　あっあっ♥　だめ、ん、あうっ、わたし、あぁ、イっちゃう♥　ん、はぁっ、あっ、んはぁっ、おうっ♥」

「あっ、ん、くぅっ♥　おちんぽ、奥まで突き上げてきて、んはぁっ♥　わたくしも、あぁっ♥　イクッ、おまんこイクゥッ！」

ふたりが盛り上がって嬌声をあげていく。

僕のほうも、そろそろ限界だ。このまま一緒に、とラストスパートをかけていった。

「んあ、ああっ！　アキノリくんっ、あうっ♥　んぁ、イクゥッ！　あっあっ♥　ん、はぁ、あう、んあぁっ！」

「ひぎぃっ♥　おちんぽ、おまんこの中をズンズン突いて、んぉ♥　イクッ、あっ、んはぁ、あう

っ、んくぅっ！」

バレーナさんのおまんこで口が塞がっていて言えないが、僕も精液が駆け上がってくるのを感じていた。

「あぁっ♥　おちんぽ、わたくしの中で、んぁ、ああっ……！」

「んう、イク、あっあっ♥　んはぁっ！」

そしてふたりの声が重なる。

「「イクッ！　イックウウゥウゥッ！」」

どびゅっ！　びゅくっ、びゅるるるっ！

ふたりの絶頂に絞られながら、僕も気持ちよく射精した。

「あああっ♥　熱いの、ザーメン、びゅくびゅく出てますわっ♥　あう、わたくしの中に、アキノリの濃いのが、んぁ……♥　奥に……直接なんて……」

アイビスさんのおまんこが、うねりながら精液を受け止めていく。

「あうぅっ♥　すごい勢いで、わたくしの奥まで犯して、んぁ♥　あぁ……」

膣襞が肉棒を締めつけ、精液を絞り出していく。

「あふっ、ん、あぁ……♥」

バレーナさんが腰を上げた。

こうして密着状態から離れると、イったばかりでひくつく彼女のおまんこがはっきりと見えて、かえってエロい光景だ。

射精後の余韻に浸りながらぼんやりとそんなことを考えている内に、アイビスさんも腰を上げて、肉棒を引き抜いていく。

「アキノリくん、お疲れさま♥　お顔、わたしのえっちなお汁で、すごいことになってしまったわね……」

そう言いながら、バレーナさんがタオルで僕の顔を拭ってくれる。

僕は仰向けで、されるがままになっていた。

裸の美女ふたりに囲まれ、えっちなことをできる幸福を感じていたのだった。

●

「ん……ふぅっ……」

ぼんやりと目を覚ました。

僕はベッドの中で寝返りをうつ。

「んっ……」

すると隣では、メイドのリベレさんがすやすやと眠っていた。

無防備な寝顔がかわいらしい。

昨夜、してからそのまま眠ってしまったのだろう。

再び寝返りをうって仰向けになりながら、ぼんやりと昨日のことを思い出していると、寝ているはずのリベレさんが抱きついてきた。

「んむっ……」

彼女がむぎゅっと抱きつき、そのままもぞもぞと動く。

リベレさんの足が僕の身体を抱えるように巻きついてきて、その身体が押し当てられた。

むにゅりとおっぱいが押し当てられて、気持ちがいい。

「んっ……」

リベレさんはまだ眠ったままみたいで、抱き枕のように僕を抱きしめてくる。

胸が当たる気持ちよさとともに、彼女の足がもぞもぞと動いた。

「あっ……」

彼女の内腿が朝勃ちの膨らみを擦りあげてくる。

その淡い気持ちよさに軽く身をよじると、リベレさんは逃がさないようにか、さらにぎゅっと抱きついてきた。

「んんっ……」

抱きついてくる彼女の身体に刺激されて、僕はムラムラとしてしまう。

このままだと寝ているリベレさんに手を出してしまいそうだ……。

なんてことを考えていると、彼女が目を覚ました。

「あふっ……あっ、おはようございます、アキノリ様」

彼女は僕の姿を目にして、すぐにきりっとした表情になった。

そして、自分の姿勢に気づく。

「すみません、アキノリ様。こんなふうに抱きついて……あら……」

「あぅっ……ちょっと……リベレさん」

彼女は内腿に感じる硬さに気づいて、そのまますりすりと足を動かしてきた。

「アキノリ様、なんだかお元気になられてますね……♥　私の足に、とっても硬いモノが当たってますわ……」

「うぅ……」

腿に擦られる淡い刺激に、むずむずとしてしまう。

「寝ている間に、私が抱きついたり刺激してしまったりしたのでしょうか？　こんなふうに、すりすり、すりすり……と」

「リベレさん……わざとですか」

彼女はその細い足で肉竿を擦ってくる。

「こんなにご立派になられて……♥」

リベレさんはその手をするすると僕の股間へと滑らせる。

「大きくなってしまったおちんぽ♥　私が責任をとって気持ちよくして差し上げますね♪」

「う、うん……」

すでに朝勃ちとはほど遠い興奮で膨らんだ肉竿を、彼女がいじってくる。

僕がうなずくと、彼女はそのまま身体を下へと滑らせた。

「それでは、失礼しますね」

彼女は布団の中に潜り込むと僕のズボンと下着を下ろし、肉竿を露出させた。

「あふっ……♥　アキノリ様、朝からこんなに逞しく……それに、すんすん……とってもいい雄の匂いがしますね♪」

「リベレさん……」

彼女はその綺麗な顔を近づけて肉竿を嗅いでいる。

美女の顔が、勃起竿のすぐ側にある光景というのは、期待を煽る構図だ。

「れろぉ♥」

「うぁ……」

彼女はぺろりと舌を出すと、肉竿を舐めてくる。

「ん、れろ……ちろっ……」

舌が亀頭を優しく舐め、刺激を与えてくる。

「ん、ぺろっ……アキノリ様は本当にすごいですね。昨夜あんなにしたのに、もうこんなにガチガチにして……」

そう言いながら、彼女はペニスに舌を這わせてくる。

僕自身、こちらの世界に来て、こうして彼女たちと身体を重ねるようになってから、さらに精力が増している気がする。

きっと、性欲の強い彼女たちと過ごすことで、雄としての本能が滾っているのだろう。

「れろっ、ちろっ、ぺろろっ……♪」

「うっ……」

リベレさんはぺろぺろと肉棒を舐めながら、上目遣いに僕を見た。

その表情もエロく、僕をさらに興奮させていく。

「ん、ちろっ……大きなおちんぽ♥　こんなに張り詰めさせて、れろっ、ちゅぷっ♪」

彼女は肉竿を舐めながら、手で根元のあたりを軽くしごくようにしてくる。

「あむっ、ちろっ……れろっ……ふふっ、アキノリ様のおちんちんから、れろっ……えっちなお汁が出てきてますね。あーむっ♥」

「あぁ……！」

リベレさんが先端を咥えこみ、チンポに吸いついてくる。

「んむっ、ちゅっ、れろっ……」

小さなお口が肉竿に吸いつき、舌が我慢汁を舐め取っていく。

「リベレさん、あぁ……」

僕が声を漏らすと、彼女はにやりと妖艶な笑みを浮かべ、さらに吸いついてきた。

「ちゅぽぽっ……れろろっ！　ちゅぱっ♥　れろっ、ちろっ……アキノリ様の、んっ、ちゅぷっ……私のお口に注いで下さい」

「ああ……もちろん！」

リベレさんはエロいことを言いながら、ちゅぱちゅぱと肉棒を吸ってきた。

僕はされるがまま、その快感を受け止めることしかできない。

「んむっ……ちゅっ、ちろっ……！　ちゅぶぶっ！」

彼女は頭ごと動かして、唇で肉棒をしごいてくる。

その間にも舌先は鈴口を責め、どんどんと僕を追い詰めていった。

「ちゅぱっ……れろっ、ちろっ、ちゅぅっ♥」

「んむっ、ちゅぱっ……いいのですよ。れろっ、ちろっ、好きなタイミングで出して……♥　れろろろっ、ちゅぅっ♥」

「リベレさん、そんなにされたら……」

彼女のフェラで、僕は限界が近づくのを感じた。

「あんっ♥　おちんぽの先っぽ、膨らんでますね……それにお汁もとろとろ出てきて……あぁっ♥　ちゅぶっ、ちゅぱっ、れろぉ♥」

「う、あぁ……！　もう、出そうですっ……！」

「んっ、じゅぶっ！　じゅぼじゅぼっ♥　レロレロレロレロレロ、ちゅぱっ！　じゅるっ、ちろろっ、じゅぶぶぶっ！」

僕が言うと、彼女はさらに激しく吸いついてくる。

「れろろろっ、じゅぶぶ、ちゅぼっ♥　ちゅうぅぅぅ！」

「あぁ、うぁ……！」

「じゅぼぼぼっ♥　じゅぶっ、じゅるっ、レロレロレロレロレロレロ、じゅぞぞぞぞぞ！」

彼女のバキュームに促されるまま、僕は射精した。

「うぁ、ああ……」

「んむっ!? ん、じゅるっ、ちゅぅっ♥」

彼女は口で精液を受け止めると、そのまま飲んでしまう。

「んくっ、ちゅぶっ、ごく……あふぅっ……♥」

そして肉棒から口を離すと、笑みを浮かべた。

「アキノリ様の精子、今朝も濃くてお元気です」

「う、うん……」

朝から盛大に搾り取られた僕は、射精後の気持ちよさに浸りながらうなずいた。

その間に、リベレさんは自ら服を脱いでいく。

「ん、アキノリ様……」

そう言って、彼女は一糸まとわぬ姿で俺を見つめた。その顔は期待に満ちており、僕もうなずく。

そんなふうに誘われたら、朝からでも襲いたくなるに決まっていた。

むしろ朝日の中で、いつも以上にリベレさんが魅力的に見える。

僕はそのまま、リベレさんを押し倒した。

「あんっ♥ アキノリ様……」

彼女は潤んだ目で僕を見上げる。

「リベレさん、もう濡れてるね」

僕はそんな彼女のアソコをなで上げる。

「はいっ……♥　アキノリ様のおちんぽを舐めて、子種をいただいて……お腹の奥からきゅんきゅんしてしまいました」

普段は落ち着いたリベレさんも、やはりこちらの世界の女の子。

えっちのときはすごく積極的でエロいことを言うので、僕も滾ってしまう。

「いきますよ……」

僕は彼女の足を開き、その間に自分の身体を持っていく。

そしていきり立つ剛直を、その膣口へとあてがった。

「あんっ♥　アキノリ様……」

彼女は期待に満ちた目で僕を見つめる。

僕はうなずくと、そのまま腰を押し進めた。

「あっ♥　ん、はぁっ……アキノリ様、んうぅっ……」

愛液のあふれるおまんこに、肉棒が飲み込まれていく。

すぐに膣襞が歓待し、肉棒を包み込んだ。

「あふっ♥　ん、あぁっ……」

そしてそのまま、腰を動かし始める。

「あんっ♥　あっ、ん、ふぅっ……」

膣襞をかき分けて往復すると、リベレさんは気持ちよさそうな声を出した。

「んぁ、あっ、んっ……アキノリ様、あっ♥　ん、はぁっ……！　アキノリ様のおちんぽを入れられて、少し動かれるだけでイってしまいそうです」

「いいですよ、好きにイって」

彼女たちは、何度でもイキながら感じてくれるしね。

僕は腰の速度を少し上げていった。

「んはぁっ♥　あっ、ん、くぅっ……！　アキノリ様ぁ♥　あっ、ああっ……！　気持ちよすぎて、すぐに、あっ、んぁっ♥」

リベレさんは嬌声をあげながら身もだえる。

膣襞が蠕動して肉棒をしごきあげてきた。

「あぁっ♥　んぁ、ああっ♥　アキノリ様、あっあっ♥　イキますっ……！　んくぅぅぅっ！」

「うぁ……！」

彼女が絶頂し、そのおまんこがきゅっと締まる。

僕はさらに狭まった膣内を、力尽くで往復していった。

「んはぁっ♥　あっあっ♥　イってるおまんこ、そんなに突かれたら、私、あっ、んはぁ！　あぁっ、気持ちよすぎて、んうぅっ！」

リベレさんはぎゅっと僕に抱きついてきた。そしてその分、肉棒を深く迎え入れようとしている。

僕はその期待に応えるように、彼女の奥を突いていった。

「んはぁぁ！　あっ、ああっ、イったのに、またイクッ！　んぁ、ああっ！　んひぃっ、あっ、んあぁっ！」

びくんと身体を跳ねさせる。膣襞が蠢動し、肉棒を締めあげてくる。

その淫肉の抱きつきで、僕のほうもまた射精感がこみ上げてきた。

「んはぁっ♥　あぁ、イってるおまんこ突かれるの、きもちよすぎてぇっ♥　んぁ、ああっ、私、あっあっ♥」

「う、リベレさん、僕も……」

「来てください、んぁっ♥　あっ、私の、あうっ、イってるおまんこに、んぁっ♥　アキノリ様のザーメン♥　昨夜のぶんに負けない、子種を出してくださいっ！」

そう言って腰を突き上げるようにするリベレさん。

「んはぁっ♥」

僕も欲望に従って、ガンガンと腰を動かしていく。

「あぁっ！　あっ、ふぅっ♥　すごいの、きちゃうっ！　イキながらまたイクの、すご過ぎて、あっ♥　ん、はぁっ！　こんなの……アキノリ様だけです……ああっ！」

蠕動する膣襞に擦りあげられながらも堪え、なんとかピストンを行っている。

「んくぅっ！　あっあっ♥　もう、んぁ、イクッ！　またイクッ！　あっあっ♥　イクイクッ、イックウウゥウゥッ！」

「う、あぁっ……！」

リベレさんが絶頂し、うねる膣襞が肉棒を絞り上げる。

「出ますッ！」

どびゅっ、びゅるるるるるるっ！

その絶頂締めつけに求められるまま、僕は射精した。

「んはぁぁぁっ！」

リベレさんは中出しでさらに身体を跳ねさせる。

「んくぅぅぅっ♥　あっ、あぁっ……！　イってるおまんこに、中出しされてます♥　あっ、ん、はぁっ、頭、真っ白に、んぁっ♥　メイドのおまんこ……いっぱい……汚してください♥」

彼女ははしたない感じ顔になりながら、身体の力を抜いていく。

それでも秘穴はしっかりと肉棒を咥えこんで、精液を搾り取っていた。

「あぁっ……♥　ん、はぁっ……アキノリ様♥」

彼女はうっとりと言いながら、また抱きついてくる。

僕はそんな彼女を抱きしめながら、肉棒を引き抜くのだった。

「あんっ……♥」

ごぽりと、白濁が溢れる。そのまま抱き合って横になった。

「あぁ……アキノリ様♥」

彼女は僕に抱きついたままで言った。

「朝からこんなに激しくて、すごいです……♥」

そのまま僕の胸に顔を埋めてくる。

「こんなにされたら、足腰立たなくなってしまいます……♥」

嬉しそうに言うリベレさんのおっぱいに、僕は手を伸ばした。

押しつけられていると、やっぱり気になっちゃうしね。

そのままむにゅむにゅとおっぱいを揉んでいく。

「あんっ♥　アキノリ様、んっ♥」

彼女は気持ちよさそうにそれを受け入れてくれた。

柔らかくて大きなおっぱいは、触っていて純粋に気持ちがいい。

射精直後でエロい気持ちが低いから、ずっとこうして揉んでいたいほどだ。

「もう……♥　ん、あぁ……」

そうしてリベレさんのおっぱいを、むにゅむにゅと楽しんでいく。

とはいえ……。しばらくそうして触っていると、またムクムクと欲望が膨らんでしまう。

「あっ……♥　アキノリ様、ここ……」

彼女の手が、再び立ち上がった肉竿の先端を包む。

そして掌でなでるように、亀頭を刺激してきた。

「うっ……」

その気持ちよさに声を漏らすと、彼女がまた発情した顔で僕を見つめる。

「もう……大きくなっちゃったんですか？」

そう言いながら、すりすりと肉棒を擦っていく。

「アキノリ様は、本当に逞しいですね♥」

「リベレさん……」

「あんっ♥　朝からそんなに、ん、一日中えっちなことするつもりですか？」

そう尋ねるリベレさんの目には、期待がはっきりと現れていた。

かわいくてえっちなメイドさんと、一日しながら過ごすなんて、最高だな。そう思う。

そしてそのまま、二回戦に突入していくのだった。

●

そうしてハーレムで幸せな日々が流れていき、アイビスさんの屋敷も着々と完成に近づいているようだ。屋敷が完成するとアイビスさんは名義上そちらに移ってしまうけれど、そうはいってもすぐ側だし、この生活は変わらないらしい。

バレーナさんを王都へ呼びたがっていた最初とはうってかわって、すっかりこちらでの暮らしを気に入っているみたいだった。そんな彼女が、今夜も僕の部屋を訪れる。

「アキノリと出会えて、本当によかったと思いますわ」

彼女はそんなことを言うと、僕の隣に座った。

「お姫様にそう言われるのって、なんだか不思議な感じですけど」

普通に考えれば、一番良い暮らしをしていたわけで。

しかも王都には、こちらの世界基準の、見た目の良い優秀な男性が集められているのだ。

その人たちに僕が張り合えるとは、普通なら思えないところだった。

「わたくし、アキノリと出会うまではバレーナの言うことも夢物語で、現実的ではない、と思っていました……。男性と心を通わせた子作りができるなんて……そんなこと無理だと」

そう言って、僕に軽く抱きついてくる。

「でも、こうして女性の性欲を受け止めてくれる男もいるのですね。アキノリと出会ったおかげで、バレーナのほうが正しいんだってわかりましたわ。ちゅっ♥」

彼女は、そのまま僕にキスをしてきた。

柔らかな唇を感じていると、すぐに離れて、彼女が続ける。

「義務ではなく、ちゃんと男性からも求められてのセックスは、とても気持ちよくて……すごく幸せな気分になりますわ」

そう言いながら、彼女は僕の太腿をなでてくる。

「ん……」

そんな彼女に、今度は僕のほうからキスをする。

「んむっ、ちゅっ、れろっ……」

そしてそのまま、舌を絡めていった。

「ん、ちろっ……ちゅっ♥」

互いの舌を愛撫し合い、唾液を混じらせていく。

「んむっ、ちゅっ……♥」

僕はそのまま、彼女の胸元へと手を伸ばしていった。

「あんっ……♥」

はだけさせると、アイビスさんの大きなおっぱいが、たゆんっと揺れながら現れる。

僕はその巨乳を持ち上げるように揉んでいった。

「ん、ふぅっ……あぁ……♥」

アイビスさんは小さく気持ちよさそうな声をあげて、僕を見つめた。

少し潤んだその瞳はとてもセクシーで、僕を興奮させる。

「はぁ……ん、ふぅっ……」

そんな彼女のおっぱいを、さらに堪能していく。

柔らかな乳肉は僕の指を受け止めて、いやらしくかたちをかえる。

「あっ……♥ ん、はぁっ……」

僕が手を動かすのに合わせて、アイビスさんは色っぽい吐息を漏らしていった。

「ん、はぁ……あぁ……」

ずっと触っていたくなるようなおっぱいだ。

「アキノリは、ん、おっぱいが大好きですのね」

「はい」

僕は短く答えながら、双丘を揉んでいく。

柔らかく大きなおっぱいは、ずっと触っていたくなるほどだ。

「もう、ん、あぁ……♥　本当に変わってますのね。そんなに女の身体が好きだなんて」

こちら基準ではそうなのだろう。

僕としては、おっぱいに惹かれるのは、男として普通だと思っているけれど……。

そう感じながら、最高のおっぱいを揉んでいく。

「あん、ん、はぁ……♥」

「乳首、立ってきましたね」

僕はハリのあるおっぱいの頂点で、つんと尖ってきたその乳首を弄りながら言った。

「あんっ♥　ん、あぅっ……」

こりっとした乳首を捏ねると、アイビスさんがエロい声をもらしていく。

その声はさらに僕を昂ぶらせてくれる。

「あ、ん、ふぅっ……♥　乳首、そんなに触られると、ん、はぁっ……わたくし、ん、あぁっ……！」

「アイビスさんは、乳首が弱いんですね」

僕が言うと、彼女は顔を赤くしながら答えた。

「それは、ん、はぁ……当たり前ですわっ……♥　乳首は、ん、あんっ♥　感じやすいところですもの、ん、はぁっ……」

わざわざそんなふうに、いいわけっぽく言うってことは……きっとアイビスさん自身、自分の乳首が感じやすいと思っているのだろう。

「そうなんですね」

僕は納得したように言いながら、その敏感乳首をくりくりといじっていく。

「んはぁっ♥　あっ、ん、あぁっ……！」

アイビスさんは気持ちよさそうに反応してくれる。

その素直で可愛らしい姿に、僕はもっともっと乳首を責めてしまいたくなるのだった。

「ん、はぁっ、そんなに、あんっ、乳首ばかり、んぁっ……」

「それじゃ、おっぱいのほうももっと……」

僕はおっぱいを揉みながら、乳首にも刺激を与えていく。

沈みこむような柔らかさのおっぱいと、しっかりと主張して指を押し返そうとしてくる乳首。

そのコントラストを楽しみながら、愛撫を続けていった。

「んはぁっ……♥　あっ、ん、ふぅっ、あぁっ……！」

アイビスさんは僕の愛撫で感じてくれて、どんどんと高まっているようだった。

「あっ、ん、はぁっ♥　んぁっ……！　そんなにされたら、わたくし、ん、はぁっ、あっあっ♥　ん、くぅ……！」

「感じているアイビスさん、すごくかわいいですよ」

「んぁっ♥　そ、そんな嬉しいこと、言ってはダメですわ、ん、はっ……！　そんなこと言われたら、んぁ、それだけで、お腹の奥がきゅんとして、んはぁっ……♥」

感じるにつれて、アイビスさんがどんどんとエロい様子になっていく。

普段は強気な印象の彼女が、かわいらしく感じている姿は、僕を滾らせていった。

「んはぁっ、あっあっ♥　だめ、だめぇっ……♥　ん、くぅっ、はぁ、胸だけで、あっ♥　イっちゃうっ……！」

「いいですよ。アイビスさんがイクところ、見せてください」

僕はそう言って、さらに乳首を責め立てていく。

「んあっ♥　あっ、ん、だめ、ですわっ……♥　ん、ああっ♥　イクッ！　んぁ、あっあっ♥　んはあぁぁぁっ！」

ビクンと身体を跳ねさせながら、アイビスさんがイキ声を上げた。

「んはぁ……♥　あっ、んっ……」

僕は攻めの手を緩めて、やわやわとおっぱいを触る。

「ん、ふぅっ……アキノリ……」

あられもない声をあげて感じていたアイビスさんが、股間へと手を伸ばしてくる。

彼女のしなやかな指が、もう膨らんでいる肉棒をズボン越しに刺激してきた。

「ここ、こんなに硬くして……♥　わたくしの胸を触りながら、興奮していたのですね」

「もちろんです」

おっぱいそのものの気持ちよさもあるし、胸を触られて感じているアイビスさんの姿も興奮するものだ。そんなわけで素直に答えると、妖艶な笑みを浮かべた。

「ん……そんなにおっぱいが好きなら、次はこのおっぱいを使ってアキノリを気持ちよくして差し上げますわ」

彼女はそう言うと、僕のズボンへと手をかける。

そしてそのまま、パンツごとズボンを脱がせた。

「あっ……♥」

解放されて飛び出した肉棒を見て、アイビスさんが声をもらす。

「今日も、こんなに逞しく、ガチガチにして……♥」

彼女は肉竿をうやうやしく撫でてくれる。その淡い刺激が心地良い。

「このガチガチおちんちんを、えいっ♥」

アイビスさんはその大きなおっぱいで、僕の肉棒を挟み込んだ。

「ん、しょっ……」

柔らかなおっぱいが肉棒を包み込んできて、気持ちがいい。以前、ふたりに挟まれたときも気持ちよかったけれど、こうしてまだ不慣れな王女様がご奉仕してくれるのも、いいものだ。

「ん、しょっ……」

彼女の巨乳が肉竿を刺激してくる。経験豊富だ……なんて言っていたけど、アイビスさんは何をしていてもどこか純朴で、初々しさがある。そもそも、きちんとした挿入自体、できていなかったようだしね。

きっと彼女自身、王女の義務として頑張ってはいたけど、本気のセックスは知らなかったんだ。

「むにゅむにゅっ、と……」

ボリューム感たっぷりの胸に圧迫されると、とても気持ちが良い。

アイビスさんはそのまま、むにゅむにゅと肉竿を刺激していった。

「ん、しょっ……むぎゅー♪」

そして圧迫と弛緩を繰り返していく。

「あんっ……硬いおちんぽがわたくしの胸をぐいぐい押し返してきますわね……♥　ほら、こうして、むぎゅぎゅー」

「アイビスさん、あぁ……」

彼女が胸を寄せて、肉棒を圧迫した。その気持ちよさに浸っていると、さらに動く。

「滑りがよくなるように、えぉ……」

彼女は口を開くと、胸の谷間へと唾液を垂らしていった。

とろり、とそれが胸へと落ち、そこに挟まれていた肉竿の先端へとかかる。

「ん、しょっ……」

そうしてから、胸を動かし始めた。王女様ともあろうひとが、いつ覚えたんだろうか。

くちゅっと水音を立てながら、おっぱいが肉棒を擦りあげていく。

唾液によって滑りがよくなり、肉棒がにゅるにゅるとおっぱいの中で動いている。

「ん、しょっ……ふふっ♥　熱いおちんぽが、おっぱいを擦って、ん、はぁっ……♥　こんなに硬く、押し返してくるなんて、えいっ♥」

「あぁアイビスさん、んっ……！」

彼女はぎゅっと胸で圧迫しながら、肉棒を擦りあげてくる。

乳圧とともに肉竿をこすられるのは、とても気持ちが良い。

張りのあるおっぱいが、精液を絞り出すかのように肉竿をしごいてくる。

「ん、しょっ……えいっ♥　ふふっ、アキノリってば、お顔、とろけてますわよ？　わたくしのパイズリ、気持ちいいですか？」

「はい……すごく、あぁ……」

気持ちよさに流されながら答えると、彼女は嬉しそうな笑みを浮かべる。

そして妖艶に言った。

「それなら、もぉっと気持ちよくして差し上げますわ♥」

「うぁ……！」

アイビスさんは両手でおっぱいを支えるように持つと、これまでより素早く大胆にその巨乳を動かした。ボリューム感たっぷりのおっぱいが、肉棒を押して絞り上げる。

「う、あぁ……」

その気持ちよさに、僕はただ快感を受け止めるだけだった。

「ん、しょっ、えいっ♥　ふふっ、おっぱいで気持ちよくなってるアキノリ、かわいいですわ♪　それっ、えいっ♥」

「あぁ……！」

先程はおっぱいだけでイカされていたアイビスさんだけれど、今は興奮しつつも余裕があって楽しそうだ。僕のほうは、彼女のパイズリで追い詰められてしまう。

「ん、しょっ、えいっ♥」

「あぁ、もうっ……」

「いいですわよ、そのままイって♪」

そう言って、アイビスさんはぎゅっとおっぱいを押しつけながら上下に動かしていく。

「あぅっ……！」

「おちんぽ、ピクピクしてる……このまま、先っぽを、ぱくっ！」

「うぁっ……！」

彼女はパイズリしながら、飛び出た亀頭を咥えてしゃぶりついてきた。

おっぱいでもそのまま圧迫し、チンポを絞るようにしながら、バキュームしてくる。

「んむっ、じゅるるるるっ！」

「あっ、出るっ……！」

どびゅっ！　びゅくるるるっ！

「ん、んんっ♥」

僕はアイビスさんの口内で射精した。

おっぱいに押し出された精液が、勢いよく王女様の唇の奥へと放たれていく。

「んふっ、んくっ、ん、じゅるっ……♥」

彼女はそれをしっかりと舌の上で受け止め、飲み込んでいく。

「んく、ん、ごっくんっ♥　あぁ……♥　濃いザーメン、喉に絡みついてきますわ。こんな精液出されたら、ん、身体が疼いてしまいます♥」

アイビスさんはそう言って、うっとりと僕を見つめた。

「こうして口に出してしまっても、元気なおちんちん♥　贅沢ですわね。まだできるなんて……」

彼女はそう言って、僕の肉竿をなでてくる。

「わたくしで気持ちよくなって射精して、こうして何度も硬くしてくれるの、素敵ですわ♥」

アイビスさんはエロい表情でそう言った。そして僕を上目遣いに見る。

「ね、アキノリ……わたくし、もう我慢できませんわ。この逞しいガチガチおちんぽ♥　わたくしのおまんこに挿れて、いっぱいズボズボしてくださいな♥」

お姫様であるアイビスさんが、そんなドスケベなお願いをしてくる。

そんなふうにされては、僕の欲望もまたぐつぐつと煮立ってしまう。

「それじゃ、四つん這いになってください」

「四つん這い……もうっ……♥」

彼女は少し困ったふうに言いつつも、期待をにじませていた。

そして僕が頼んだとおりに、四つん這いになってくれる。

アイビスさんのぷりんっとした丸いお尻が、僕へと突き出される。そして大切な場所を覆っている布は、もう愛液がしみ出してアソコのかたちを隠せていない状態だった。

「あんっ……こんなえっちな格好させて、んっ……♥」

アイビスさんはそう言いながら、さらにお尻をふりふりと動かして誘ってくる。

「ガチガチおちんぽでわたくしを貫いて、アキノリくんがパンパンッて、いっぱい腰を振ってしまうのですわね……♥」

こちらの世界では、女性上位が普通だ。セックスにあまり積極的でない男性を、騎乗位で搾り取るのが当たり前。他の体位でも、基本的には女の人が主導権を握っている。

だからこそ男がガンガンに腰を振るバックは、かなりエロい体位、ということらしい。

性欲の強い女性にとっては、嬉しい体位というわけだ。

「あぁ……♥　アキノリ、んっ……」

僕としても、アイビスさんみたいな美女を好きに犯せるというのは、滾るものがある。

四つん這いになったアイビスさんの衣服をずらし、うるんだおまんこを露出させる。

「んっ……」

愛液をあふれさせる陰裂が、肉竿を求めてひくついていた。

その色香に誘われるように、僕は肉棒を押し当てた。

「あんっ♥　硬いのが、ん、当たってますわ……」

「いきますよ」

そう言って、僕は彼女のお尻をつかみ、蜜壺に肉竿を挿入していく。

「んはぁっ……！　あっ、あぁっ……太いのが、わたくしの中に、ん、はぁっ……入ってきて、あうっ、んくぅっ！　ずぼずぼって……ああ、やっぱりすごいぃ……」

ぬぷり、と蜜壺に肉棒が咥えこまれる。

「あふっ、んっ、はっ……♥　おちんちんが、こんなにしっかり女を犯せるなんて……はぁあ……」

蠢動する膣襞が肉竿を締めつけてくるので、最初から気持ちがいい。

「あぁっ♥　ん、ふぅっ……！」

こちらにお尻を突き出した姿勢のアイビスさんが、ぐっと身体に力を込める。

膣襞がきゅっと締まり、肉棒を絞り上げてくる。

「んぁっ♥　あぁっ……おまんこ、おしひろげられて、ん、はぁっ……」

「アイビスさんが、締めつけすぎなんですよ……こんなに吸いついて……」

そう言いながら、腰を動かし始める。

「んはぁっ！　あっ、ん、くぅっ……！」

白いお尻を、ぱんぱんぱんと叩く。絡みついてくる膣襞をかき分けながら、往復させていく。

「あふっ、ん、あぁっ……」

アイビスさんは声をあげて感じてくれていた。

「アキノリ、ん、あぁっ……♥　おちんぽすごい、わたくし、んはぁっ♥　あぁっ……アキノリの元気なおちんぽに突かれて、感じてしまいますわ……♥」

「僕も、アイビスさんのおまんこにぎゅうぎゅう締めつけられて、気持ちいいです」

「あぁっ♥　そんなこと言われると、んぅぅっ♥　その言葉だけで、あっ♥　もっともっと感じてしまいますわ、ん、はぁっ……」

アイビスさんが嬉しそうに言った。

僕が女性から淫語を言われて興奮するように、彼女もまた、喜んでくれているのだろう。

「おまんこ、こんなに締めて……そんなに、チンポが好きなんですか？」

「んはぁっ……！　あぁ……大好きですわ♥　アキノリの、んぁ、逞しいおちんぽが、嬉しそうにわたくしの中を行き来するの♥　ん、はぁっ……！」

アイビスさんはそう言うと、きゅっきゅと膣襞で締めつけてくる。

「本当のセックス♥　こんなセックス……んぁ、わたくしの身体にしっかりと教え込まれて……ん、はぁっ……もうアキノリなしじゃいられませんわ……♥」

「アイビスさん……！」

そんな嬉しいことを言われると、腰使いにも熱が入ってしまう。

「んはっ♥　あっ、ん、もっとぉ♥　あっ、んくぅっ！」

雄としての本能が、彼女への種付けを求めてふつふつと湧き上がっていく。

「あっ♥　ん、はぁっ……！　奥まで、んぁ、ああっ、おちんぽが、んはぁっ！」

蠕動する膣襞をかき分けながら、蜜壺をかき回していく。

アイビスさんはぎゅっとシーツを握って、快感を受け止めていた。

「あふっ♥　んはぁ、あぁ！　おまんこ、そんなに突かれたらぁ♥　んはぁっ、あっ、イっちゃいますわ、ん、はぁっ♥」

かわいい声をあげて身もだえる。僕は興奮のまま、ピストンの速度を上げていった。

「んはぁっ！　あっ♥　ん、くぅっ！」

パンパンと音を立てながら、腰を打ちつけていく。

「アキノリ、んぁ、ああっ、あうぅっ♥　そんなに、激しくしたら、あぁっ！　やっ、気持ちよすぎて、んうっ♥」

「アイビスさんがエロいから、止まらないんです」

「んはぁっ♥　あひぃっ！　あっあっ♥　んぁ、おうっ、ん、ああっ！」

力強くピストンしていくと、彼女ははしたない声で喜んでくれる。

僕は後ろから何度も何度も、美しい彼女を突いていった。

「あふっ、んぁっ……！　あっ、んくぅっ！」

蠕動する膣襞をかき分けながら、ピストンを続けていく。

「アキノリ、あっ、あああっ♥」

彼女がバックで突かれながら、こちらを見た。その表情は快感でとろけており、とてもエロい。

アイビスさんにそんな目で見つめられたら……。僕の肉棒が跳ね、さらに滾ってしまう。

汗ばんだお尻も、ますます魅力的だ。もっと犯したくなる。

「んくぅぅっ♥　あっ、おちんぽ、わたくしの中で、あ、ん、はぁっ！　力強く、おまんこかき回して、ああっ！　切ない子宮に……おなかのいちばん奥に……届いて……ああっ！」

嬌声をあげ、身もだえていくアイビスさん。

「あぁっ♥　イクッ！　んぁ、もう、ああっ！　イってしまいますわっ……」

「いいですよ、イって……！」

僕はさらにおまんこを突いていく。

「んはぁっ！　あっ、ん、はぁっ！　あうっ、んぁ、あんっ、ああっ！　イクッ、んおぉっ♥　おぅっ、ん、あああぁぁぁっ！」

「うっ……」

アイビスさんが身体を震わせ、痙攣するように絶頂する。

その瞬間に膣襞がぎゅっと肉棒に絡みつき、精液を余さず搾り取ろうとうねった。

「んぁ、あっ、んっ……♥　おちんぽ、私の中で、あっ、膨らんで、んはぁっ……」

「アイビスさん、僕ももうイキそうです！」

僕も限界を迎える。膣口が握り込むような強さで、チンポの根元を締めつけてきた。

たまらず、射精へと向けてラストスパートをかけていく。

「んひぃぃぃっ♥　んぁ、あっ、ああっ！　イってるおまんこ、んぉ♥　そんなに突かれたら、あっ♥　気持ちよすぎて、んくぅっ！」

うねる膣襞をかき分けながら、ぐっと腰を突き出す。肉棒の先端がくにっと子宮口を突いた。

「んあああぁっ♥　イクッ！　あぁっ、イキながらイってしまいますわっ♥　んぁ、あぁっ！　おぅっ♥　んあぁっ！」

はしたないほど喘ぐアイビスさん。そのドエロい姿と声を聞きながら、僕は腰を突き出す。

子宮口がくぽっと肉棒を咥えこんだ。キツすぎる入口に抗うように、ぐいぐいと押し込む。

「う、出ますっ……！」

どびゅっ、びゅくびゅくっ、びゅくんっ！

僕はそのまま、アイビスさんの子宮めがけて射精する。

「んはぁぁぁっ♥　あっ、ん、んぁっ！　熱いザーメン♥　あぁっ！　奥……直接どびゅどびゅされてイクウウゥゥウゥッ！」

中出しで絶頂したアイビスさんのおまんこが、射精中の肉棒を絞り上げる。

熱くうねる膣襞に求められるまま、お尻に注ぎ込むように精液を放っていった。

「あぁっ……♥　すごい、ん、はぁっ……♥　おちんぽ、わたくしの中で、びくんびくん脈打ってますわ……♥」

僕はそんなアイビスさんから、肉棒をごぽりと引き抜いた。

アイビスさんはうっとりと言うと、そのまま身体をベッドへと倒していく。

「あぁ……♥　んっ……」

アイビスさんはそのまま、寝そべって僕を見上げた。

「本当、アキノリはすごいですわ……♥」

彼女はそう言って、こちらへと手を伸ばす。

僕はそんなアイビスさんを抱きしめながら、隣へと寝そべった。

「わたくし、本当にこちらへ来てよかったですわ」

そう言って、彼女はそっとキスをしたのだった。

エピローグ　逆転異世界のハーレムライフ

その後も、僕はバレーナさんの屋敷で生活を続けていた。

アイビスさんは屋敷が完成し、そちらに移ったものの、実際にはほとんどバレーナさんの館で過ごしている。

王女様が貴族の家に居候というのは体裁が悪いので、屋敷は必要なのだけれど、実際どこにいるかなんて監視されているわけでもないしね。

ただ、バレーナさんにしてもアイビスさんにしても優秀な女性だということで、子作りに関してはできるだけ早く……という話は王宮からも来ているらしい。

異世界人である僕の存在は基本的に公《おおやけ》にはしていない。そもそもアイビスさんにすら言ってはいなかった。しかし本気の子作りとなれば、隠すのも良くないだろう。

最近ではそれもあって、王宮のほうにもぼんやりと、王女の相手がそうだと匂わせてはいる。

結果として、中央に徴用されるほど認められた男性ではなくても、子作りに励むならいい、というような返事で落ち着いたらしい。

アイビスさんはお姫様ではあるものの、王位継承者というわけではない。ある程度自由ではあるようだ。

そんなわけで僕は依然として、彼女たちに囲まれるハーレム生活を楽しんでいるのだった。

本当、こっちの世界に来られてよかったな、と思う。

戦闘まったくなしで平和だし、美女に囲まれる生活なんて、それまでは考えられなかったからね。

今夜も、僕の元には三人がそろって訪れていた。

「アキノリくん、今日は三人できたわ♪」

そう言って、バレーナさんが笑みを浮かべる。

「三人相手にできるなんて、アキノリ様は本当にすごいですよね」

リベレさんはそう言いながら、素早く僕に近づき、服を脱がせてくる。

こういうのもすっかり当たり前になってしまった僕は、そのままおとなしく、優秀なメイドさんに脱がされていく。

「アキノリみたいな男性がいっぱいいれば、この国も安心なのだけれど……」

アイビスさんはそんなことを言いながら、服を脱いでいく。

たしかに僕がたくさんいれば、別の意味でも安泰だろう。きっと、どの国にも負けなしだ。

ぶるんっと揺れながら現れるおっぱいに目を奪われていると、バレーナさんが後ろから近づき、僕に肉竿をいじってきた。

その際に、彼女の爆乳が僕の背中でむにゅりと形を変え、気持ちがいい。

「そうね。アキノリくんがいれば……。だからこそ、たくさん子作りしましょうね♥　アキノリくんのような男の子なら……こうして少しいじるだけで大きくなるもの、すごいわよね」

「バレーナさんにいじられたら、そうなっちゃいますよ……」

美女が胸を押し当てながら、ペニスをいじってくるのだ。

僕にとっては、この状況で勃起しないほうが無理ってものだ。

「もう、そんなえっちなこと言う男の子は、アキノリくんくらいよ？」

嬉しそうに言いながら、彼女は手を動かして刺激してくる。

「あんっ♥　わたしの手の中で、おちんちんどんどん膨らんでくるわね♪」

「本当です、ご立派なおちんぽ……♥」

服を脱がせ終えたリベレさんも、そのまま僕の肉棒へと手を伸ばしてきた。

「このまま、まずは三人で楽しませてもらいますわ♪」

アイビスさんも加わり、彼女たちは、それぞれに手を動かしていく。

「あぁ……！」

三人の手が、思い思いに肉竿を刺激していった。

美女たちの手でいじられる肉棒。

そのシチュエーションに悶え、それぞれからのちぐはぐな気持ちよさが僕を包み込む。

「ん、しょっ……」

「逞しいおちんぽ♥　素敵です」

「先っぽ、敏感なのでしょう？」

彼女たちの手にもてあそばれ、肉棒が反応していく。

「三人だと息をあわせるのは難しいわね」

「でも、それもそれで気持ちいいですよね？　アキノリ様」

「おちんぽ、しっかり感じてくれてるみたいですわ♥」

彼女たちは好き好きに手を動かして、肉竿を愛撫してくる。

さすがに三人ともなると、大きく手を動かすことはできず、刺激は淡いものになる。

豪華なのに、じらされているみたいになって、普通とは違った気持ちよさを生み出しているのだった。

「しーこ、しーこ」

バレーナさんは根元のあたりをしごきながら、僕を見つめた。

「アキノリ様、気持ちいいですか？」

「うん……」

尋ねてくるリベレさんにうなずく。

「でも、これだけじゃ刺激が足りませんわよね？　だから、れろぉ♥」

「あぁっ……！　急には……」

アイビスさんは手を離すと、顔を近づけて肉竿の先端を舐めてきた。

これまでより強い刺激に、思わず声が漏れる。

「あら、それなら今度は三人で、おちんぽぺろぺろしてあげる♥」

バレーナさんがそう言うと、彼女も肉竿へと顔を近づけてくる。

「承知しました、んっ♥」

するとリベレさんもうなずき、肉幹の中程にキスをしてくる。

「ふふっ、れろっ、ちろっ♥」

そしてアイビスさんが、そのまま先端を舐めてくる。

今度は三人の舌が、僕の肉棒をなめ回してくるのだった。

「れろおっ……」

「あむっ、じゅるっ……」

「れろっ、ちろろっ……」

美女たちの舌に三カ所を同時に刺激されて、快楽に流されていく。

「あむっ、れろっ……」

「れろろっ……ちゅぶっ」

「んぁっ……♥　ぺろっ」

彼女たちはそれぞれに肉竿を舐めていた。

美女同士が顔を寄せ合っているというのもなかなかにいい光景だし、しかもそれが自分の肉棒のためだというのがエロい。

「れろっ、ん、ちろっ……」

「あむっ、じゅぶっ……」

「れろっ、ちゅっ♥」

動きは控えめなものの、このシチュエーションが僕を昂ぶらせていた。

「アキノリくん、きもちよさそうだけど、これじゃ刺激が足りないわよね。もうすこし大きく、ん、ふぅっ……れろっ」

「それなら、おふたりに根元と先端をお願いして、私は……」

リベレさんはそう言うと肉竿から離れ、そのまま下へと動いた。

彼女は肉棒の根元、陰嚢へと舌を伸ばしていく。

「私はこちらにご奉仕させていただきますね。れろぉっ♥」

「あっ……」

リベレさんの舌がべろりと玉袋を舐めあげる。

肉竿とは違う刺激に声が漏れる。

「れろろろっ……ん、アキノリ様のタマタマ、れろぉっ♥　私の舌で、ころころと転がして差し上げますね♥」

「それじゃ、わたしはもっと大きく動かして、おちんぽをしごくわね。あもっ……んむっ、んっ……ちゅぼっ」

「あぁ……！」

バレーナさんは横向きに肉棒を咥えると、そのまま唇でしごいてくる。

射精を促すその動きに浸っていると、アイビスさんも動いた。

「わたくしは……あーむっ♥　おちんぽの先っぽを咥えて、このままれろろろっ、じゅぷっ……

お口の中で気持ちよくして差し上げますわ♪」

肉竿を咥えこんだアイビスさんは、そのまま舌と顔を動かしてきた。

敏感なところを刺激されて、射精欲が増してくる。

「んむっ、じゅぽっ……」

「れろっ、あむっ、じゅぽっ……」

ふたりの口が、先程より大胆に肉棒を責めてくる。

そしてリベレさんも、陰嚢への丁寧な愛撫を続けていた。

「あむっ、れろっ、ぺろっ……ん、ずっしりと重いタマタマ……今日もたくさん、濃い精液を作ってくださいね。ちゅっ♥」

「うぁ……」

リベレさんが玉にキスをして、舌で刺激する。

「ん、こうしてシワのところに舌を這わせて、ちろっ……」

リベレさんの舌先が陰嚢のシワを丁寧に刺激していく。

肉竿のように直接的に射精欲をくすぐる気持ちよさではないものの、副次的な刺激として僕を導いていった。

「れろれろっ……ちろっ、ぺろっ……」

「あむっ、じゅぶぶっ……ちゅぅっ……おちんぽの先っぽから、我慢汁があふれてきてますわ♥　れろっ、ちろっ……」

亀頭を咥えこんだアイビスさんが、そう言って鈴口をくすぐった。

「あぅっ……」

その気持ちよさに浸っていると、うごめく舌が先走りを舐め取っていく。

「れろっ、ちろっ、ちゅうっ♥」

「こうして舐められるの、気持ちいい？」

「はい……」

バレーナさんの言葉に、僕はうなずいた。

三人の舌になめ回され、快感が高まっていく。

「んむ、じゅぱっ……ではもっと激しくして、このままぴゅっぴゅさせますわね♥　あむっ、じゅぽっ、じゅるっ、ちゅぱっ！」

「ああ……！　アイビスさん、そんなに吸われると、うっ……」

そう言って彼女は肉棒を咥え込み、頭を動かしながら吸いついてきた。

「タマタマ、きゅっと上がってきましたね。お射精の準備ができているみたいです。ぺろっ、ちろ、れろぉ♥」

リベレさんはそう言うと、舌で玉を持ち上げながら舐めてくる。

「あむっ、唇でしこしこっ♥　あむ、ちゅぱっ……！」

バレーナさんが肉棒をしごき、アイビスさんがバキュームしてきた。

「一気にいきますわよ！　じゅぼっ、じゅぶぶぶっ！　じゅぼっ、じょぞっ♥　じゅぶぶ、ちゅううぅっ！」

「ああ！」

どぴゅっ、ビュルルルッ！

そのバキュームにとどめを刺されて、僕は射精した。

「ん、んんっ！」

アイビスさんの口内に、勢いよく精液が放たれていく。

彼女はそのまま口で受け止め、精液を飲み込んでいった。

「んむっ、ん、ごっくん♪」

そして精液を飲み終えると、笑みを浮かべる。

「相変わらず、濃い精液♥　からまってしまいます」

そう言って口を離すアイビスさん。

「それに、一度出しても硬いまま……♥」

バレーナさんがそう言いながら、射精直後の肉竿を刺激してくる。

敏感なときに刺激されて、肉竿が反応してしまう。

「ね、アキノリくん……」

バレーナさんはそう言って、僕にまたがるようにした。

彼女のアソコからは、もう愛液があふれ出している。

僕は姿勢を変えて、あおむけでそんな彼女を受け入れる。

バレーナさんは僕にまたがり勃起竿をつかむと、自らの割れ目に導きながら腰を下ろしてきた。

「ん、はぁ……あぁ……♥」

そのまま、騎乗位でバレーナさんとつながる。

「んはぁっ♥　あぁ……アキノリくんのおちんぽ、わたしの中にはいってきて、ん、あぁっ……んぅぅっ……♥」

バレーナさんの膣内に、肉竿が包みこまれる。

「あふっ、ん、あぁっ……」

蠕動する膣襞が、バレーナさんの動きに合わせて肉棒をしごいてくる。

「んはぁっ♥　あっ、んうぅっ……」

バレーナさんが騎乗位で腰を振り、声をあげていく。やはり僕は、騎乗位も大好きだ。

「あぁっ♥　ん、ふぅっ、はぁっ……あんっ♥」

「アキノリ様、れろぉっ……♥」

「ん、わたくしも、ちゅっ♥」

そしてリベレさんとアイビスさんが、左右から僕に抱きつき、その柔らかな身体をおしつけながら、舌を伸ばしてきた。

「あむっ、ちゅっ……」

「れろっ、んっ♥」

耳やほっぺ、そして乳首など、彼女たちはあちこちを愛撫してくる。

「れろろっ……」

「ちろっ、ちゅっ♥」

ふたりに口で愛撫され、その気持ちよさがじわじわと蓄積していった。

「んはっ♥　あっあっ♥　ん、ふぅっ……」

その間にもバレーナさんは腰を振っていて……僕はあちこちを気持ちよくされながら、その幸福感に浸っていく。

「あむっ、れろっ、ちろっ……」

「ちろっ、れろっ……こうして、あちこちを舐められるの、気持ちいいですか？」

「はい……」

僕がうなずくと、彼女たちはさらに舌を使い、僕を舐めていった。

「れろっ、ちろろろろっ」

リベレさんの舌が小刻みに乳首を転がしていく。

「んむっ、ちゅっ、ちろっ……」

アイビスさんの舌が鎖骨をくすぐるように動いていく。

「ん、はぁっ♥　あっ、ん、アキノリくんっ……！」

ふたりの舌に愛撫されながら、肉棒はバレーナさんのおまんこに気持ちよくされていく。

三人の美女によって気持ちよくされる、男として幸せな状態だ。

「んはぁ♥　あっ、ん、ふぅ……！」

バレーナさんが腰を振りながら嬌声をあげていく。

「ん、れろっ、ちろっ……」

僕は彼女のおまんこに肉棒を気持ちよくされがら、空いている手をふたりへと伸していった。

そして僕の身体を舐める彼女たちの、その割れ目へと指を忍ばせていく。

「あんっ♥　あっ、アキノリ、んっ……♥」

僕の耳元で、アイビスさんが気持ちよさそうな声をあげた。

「あふっ、ん、はぁっ……♥」

すぐ側で吐息混じりのエロい声をだされると、興奮が増していく。

僕はくちゅくちゅと、ふたりのおまんこを楽しんでいじっていく。

「あんっ♥　あ、ん、はぁっ……んぅぅっ！」

「あぁ……♥　んぁ、ふぅっ……」

「あんっ♥　あっ、もっと、ん、はぁっ……♥」

三人の嬌声に包まれながら、僕も放出に向けて気持ちよくなっていく。

「あんっ♥　あっ、んはぁっ……♥　だめ、もう、イクッ、イっちゃう……！　アキノリくん、んぁ、あっあっ♥　んはぁっ！　ほしい……いいわよね？　あ、あああっ♥」

バレーナさんはそう言って、さらに腰の動きを速くしていった。

「あぅ、バレーナさん、僕も、んぁっ……！」

そんな彼女の腰ふりで、僕も射精欲が増し、精液が上ってくるのを感じた。

その興奮に合わせて、ふたりのおまんこをいじる手の動きも激しくなっていく。

「んはぁっ♥　あっ、アキノリ様、んぁ♥　そんなにおまんこかき回されたら、あっ、はぁっ♥　私も、んくぅっ……！」

「んひぃっ♥　あっ、ん、ふぅ、んっ♥　あぁっ！　わたくしも、あっ、あふっ、んぁ、あふっ、あっ……！」

「アキノリくん、あっ♥　ん、このまま、あっあっ♥　ん、はぁっ！　あふぅっ！　イクッ、イクッ、イクウゥウウウッ！」

「あぁ、ん、んはぁぁぁあっ！」

「んひぃっ、ん、はあぁぁぁぁっ！」

びゅるるうっ、びゅくっ、びゅくんっ！

彼女たちが絶頂し、僕もたまらず射精した。

「あっ……♥　ん、はぁっ……アキノリくんの熱いの、わたしの中に、あっ♥　びゅくびゅく出てるっ……♥」

バレーナさんは中出しを受けながら、さらに快感に身体を跳ねさせた。

うねる膣襞が、精液をしっかりと搾り取っていく。

僕にとっても、バレーナさんへの中出しはとても癒やされる瞬間だ。

「あふっ、ん、はぁっ……」

そして彼女は、ゆっくりと腰を上げた。僕は三人の美女に囲まれながら、幸せを感じていた。

こちらの世界にきて、最初は逆転異世界ということに驚いたけれど……。
そのおかげで、こんな幸福を得ることができたのだ。
勇者としての僕が、戦わなくてよい世界。
規格外の力を恐れられなくてもよい世界。
それは、この世界へのトリップのときに、強く望んだことでもある。
そしてその結果が、この先も続いていくであろうハーレムライフだ。
それは、望外の大成功だったと思う。

いつも優しいバレーナさん。
愛情たっぷりなご奉仕をくれるリベレさん。
主義を変え、僕を受け入れてくれたアイビスさん。

だれもが、最愛の人になっている。ずっと僕といてくれる。
戦場だった世界では、僕は最強でも、たくさんのことを失った。
でもここには、そんな悲しいことはない。
その幸せをかみしめながら、眠りに落ちていくのだった。

あとがき

みなさま、こんにちは。もしくははじめまして。赤川ミカミです。

嬉しいことに、今回もパラダイム様から本を出していただけることになりました。

これもみなさまの応援あってのことです。本当にありがとうございます。

さて、今作は元現代人、転生後チートで最強の勇者となった主人公が、平和となったその世界を離れ、逆転異世界にたどり着くというお話です。

戦闘力最強な分ちょっとスタイルは違いますが、久々の逆転異世界モノです。

積極的な美女に囲まれて愛される逆転異世界モノは、やっぱりいいですよね。

本作のヒロインは三人。

街を治める貴族のお姉さん、バレーナ。

女性だらけで性欲の強い逆転異世界に、ふらりと現れた主人公を保護してくれる年上のお姉さんです。

性欲の強い世界の女性らしく興味津々ではあるものの、男性を管理して種付けを行う国の方針に否定的であるために経験のない彼女。ですが、異世界人で女性に惹かれる主人公と交流することで、ため込んだ分の性欲を爆発させながらえっちに迫ってきます。

次に、メイド兼護衛のリベレ。身の回りの世話をしてくれる、クールっぽいメイドさんです。

仕事もできて冷静な彼女は、逆転異世界ということもあり、男性である主人公に気を遣いつつ側でお世話をしてくれます。

しかしそんな彼女も、内心はえっちなことに興味津々で欲望を抑えており……ふとしたきっかけから積極的にご奉仕をしてくれるようになります。

最後にお姫様のアイビス。

先の二人と違い、この逆転異世界でのまっとうな感性を持つ彼女は、元々性に積極的です。そこでさらに、消極的な男性とは違う主人公に触れ、その気持ちよさにドハマリしてしまします。

そんなヒロイン三人との逆転異世界いちゃらぶハーレムを、お楽しみいただけると幸いです。


それでは、最後に謝辞を。

今作もお付き合いいただいた担当様。いつもありがとうございます。またこうして本を出していただけて、本当に嬉しく思います。

そして拙作のイラストを担当していただいたTOYOMAN様。本作のヒロインたちを大変魅力的に描いていただき、ありがとうございます。特に三人に迫られるイラストは、ハーレム感とえっちな表情が素敵でした。

最後にこの作品を読んでくれた方々。過去作から追いかけてくれた方、今回初めて出会った方……ありがとうございます！

これからも頑張っていきますので、応援よろしくお願いします。

それではまた次回作で！

二〇二一年三月　赤川ミカミ

キングノベルス
最《さい》強《きょう》勇《ゆう》者《しゃ》の２週《しゅう》目《め》は逆《ぎゃく》転《てん》異《い》世《せ》界《かい》でした！
～今《こん》度《ど》こそのんびりハーレムな結《けつ》末《まつ》を目《め》指《ざ》します！～

2021年 6月28日 初版第１刷 発行

■著　　者　赤川ミカミ
■イラスト　TOYOMAN

発行人：久保田裕
発行元：株式会社パラダイム
〒166-0004
東京都杉並区阿佐谷南1-36-4
三幸ビル4A
TEL 03-5306-6921
印刷所：中央精版印刷株式会社

本書の内容を無断で複製・複写・放送・データ配信などをすることは、
かたくお断りいたします。
落丁・乱丁はお取り替えいたします。
定価はカバーに表示してあります。
©Mikami Akagawa ©TOYOMAN
Printed in Japan 2021
KN092

KiNG novels
ブラックギルドを
追放された神級魔法使い、
奴隷に愛され大逆転！
さらば無能のブラック組織！
俺のハーレムは
無償の愛でデキてます♥
クロートの魔法は、武具に様々な効果を付与するエンチャントだ。地味だが重要な仕事に没頭してきたことで、いつの間にか他人には真似できない応用が広がっていた。職場を不当解雇されてからは、自由を楽むハーレムな日常が始まって!?
赤川ミカミ
Mikami Akagawa
illust: ひなづか凉